CB070325

Raymundo Curupyra, o caypora

Obras reunidas de Glauco Mattoso

Tripé do tripúdio e outros contos hediondos
A planta da donzela [no prelo]
Manual do podólatra amador [no prelo]

Glauco Mattoso

Raymundo Curupyra, o caypora

Romance lyrico

Posfácio de
João Adolfo Hansen

TORDESILHAS

Copyright © 2012 Glauco Mattoso
Copyright do posfácio © 2012 Tordesilhas

Todos os direitos reservados. Nenhuma parte desta edição pode ser utilizada ou reproduzida – em qualquer meio ou forma, seja mecânico ou eletrônico –, nem apropriada ou estocada em sistema de banco de dados, sem a expressa autorização da editora.

O texto deste livro não foi fixado conforme o acordo ortográfico vigente no Brasil desde 1º de janeiro de 2009. Quaisquer textos assinados por Glauco Mattoso estarão em desacordo com a ortografia oficial, pois o autor adotou o sistema etimológico vigente desde a época clássica até a década de 1940.

REVISÃO Akira Nishimura
PROJETO GRÁFICO Kiko Farkas/Máquina Estúdio
CAPA E SOBRECAPA Rodrigo Frazão
IMAGEM DE SOBRECAPA *Eu, auto retrato*, Rafael Moralez, nanquim sobre papel, 20 x 30 cm, c.2011

1ª edição, 2012

Dados Internacionais de Catalogação na Publicação (CIP)
(Câmara Brasileira do Livro, SP, Brasil)

Mattoso, Glauco
Raymundo Curupyra, o caypora / Glauco Mattoso. São Paulo: Tordesilhas, 2012.

ISBN 978-85-64406-38-4

1. Poesia brasileira I. Título.

12-06592 　　　　　　　　　　　　　　　　　　　　　CDD-869.91

Índices para catálogo sistemático:
1. Poesia : Literatura brasileira 869.913

2012

Tordesilhas é um selo da Alaúde Editorial Ltda.
Rua Hildebrando Thomaz de Carvalho, 60
04012-120 – São Paulo – SP
www.tordesilhaslivros.com.br

Summario

Raymundo Curupyra, o caypora   7

Elencho   9

Soneto 1 – O cauto causo do cayporismo   11
Soneto 2 – O cauto causo do umbigo   12
Soneto 3 – O cauto causo do dedo   13
Soneto 4 – O cauto causo do espetinho   14
Soneto 5 – O cauto causo da boa acção   15
Soneto 6 – O cauto causo do churrasco   16
Soneto 7 – O cauto causo dos parabens   17
Soneto 8 – O cauto causo da passageira passarinha   18
Soneto 9 – O cauto causo da consulta urologica   19
Soneto 10 – O cauto causo do transporte collectivo   20
Soneto 11 – O cauto causo da boa noite   21
Soneto 12 – O cauto causo do pesadelo   22
Soneto 13 – O cauto causo do vulcanico panico   23
Soneto 14 – O cauto causo do casarão azarão   24
Soneto 15 – O cauto causo da solução intestinal   25
Soneto 16 – O cauto causo do funeral   26
Soneto 17 – O cauto causo do leite derramado   27
Soneto 18 – O cauto causo da comida   28
Soneto 19 – O cauto causo do pappo mellifluo   29
Soneto 20 – O cauto causo da rara metade   30
Soneto 21 – O cauto causo do almoço domingueiro   31
Soneto 22 – O cauto causo da carona   32
Soneto 23 – O cauto causo do carro inseguro   33
Soneto 24 – O cauto causo do descaso   34
Soneto 25 – O cauto causo do carro futuro   35
Soneto 26 – O cauto causo do mal menor   36
Sonetos 27 a 28 – O cauto causo da matta compacta   37

Sonetos 29 a 30 – O cauto causo do jogo aberto   39
Sonetos 31 a 32 – O cauto causo do jogo ganho   41
Sonetos 33 a 34 – O cauto causo do jogo do jugo   43
Sonetos 35 a 36 – O cauto causo do saldo positivo   45
Sonetos 37 a 46 – O cauto causo da ancilla que se perfila   47
Sonetos 47 a 54 – O cauto causo da cilada annunciada   57
Sonetos 55 a 56 – O cauto causo do rasteiro companheiro   65
Sonetos 57 a 66 – O cauto causo do sobrado assombrado   67
Sonetos 67 a 76 – O cauto causo da campanha ganha   77
Sonetos 77 a 86 – O cauto causo da causa perdida   87
Sonetos 87 a 96 – O cauto causo da casa cahida   97
Sonetos 97 a 104 – O cauto causo da casa fallida   107
Sonetos 105 a 110 – O cauto causo do caso conjugado   115
Sonetos 111 a 112 – O cauto causo do modismo no abysmo   121
Sonetos 113 a 114 – O cauto causo dos dotes naturaes   123
Sonetos 115 a 118 – O cauto causo do golpe sem sorte   125
Sonetos 119 a 122 – O cauto causo da cachorrada   129
Sonetos 123 a 126 – O cauto causo do preço vil   133
Sonetos 127 a 130 – O cauto causo da cara cara   137
Sonetos 131 a 136 – O cauto causo da patota pateta   141
Sonetos 137 a 142 – O cauto causo do sortilegio ao sacrilegio   147
Sonetos 143 a 146 – O cauto causo da zica na dica   153
Sonetos 147 a 156 – O cauto causo da uruca na cuca   157
Sonetos 157 a 166 – O cauto causo da pausa calculada   167
Sonetos 167 a 172 – O cauto causo da ziquizira que delira   177
Sonetos 173 a 176 – O cauto causo dos echos kosmopolitas   183
Sonetos 177 a 186 – O cauto causo da urucubaca que attacca   187
Sonetos 187 a 196 – O cauto causo da ziquizira que se revira   197
Sonetos 197 a 200 – O cauto causo da ziquizira que expira   207

Auctor   211
Obra   212
Posfácio   213
Sobre o posfaciador   228
Cronologia   229
Bibliografia   235

Raymundo Curupyra, o caypora

Elencho

Raymundo Curupyra, protagonista na terceira pessoa.
Craque, protagonista na primeira pessoa.
Zuza (Zuzanna Surubim), companheira de Raymundo.
Vannessa de Gomorrha, companheira do Craque.
Magda (Magdalena Iscariota), namorada sadomasochista de Raymundo.
Mona (Monika), namorada sadomasochista do Craque.
Abbade (Adherbal de Araujo), poeta maldicto.
Astolpho Lemos, poeta maldicto.
Pablo Hurtado, poeta maldicto.
Oscar Raposo Pires, politico corrupto.
Ulysses Vaz de Lyra, politico corrupto.
Zephyro Ramires, politico corrupto.
Candido Verissimo, cineasta marginal.
Xenophonte Martins, chiromante charlatão.
Martha, empregada domestica.
Chicho (Chichorro da Gama), cachorro basset hound.
Chocho (Chouriço), cachorro viralatta.
Bolacha, Biscoito, Rosquinha e Picolé, bandidos pés-de-chinelo.
Pessoas reaes tambem contrascenam.

1. O CAUTO CAUSO DO CAYPORISMO [4151]

"Azar? Não acredito! Tu não vês
que é tudo só crendice? Si acreditas
num Ente Superior, essas maldictas
noções são remactada estupidez!"

Assim me diz Raymundo. Elle talvez
tivesse até razão... Mas as desdictas
que sempre lhe acontecem são descriptas,
em tantos destes causos, a vocês!...

Raymundo a um Superior Ser nos allude,
mas nada nos garante que não seja
tal Ente um Cão que nunca nos ajude...

E eu fico accompanhando o cara: à egreja
vae elle, reza, pede... Essa attitude
realça as frustrações no que planeja...

2. O CAUTO CAUSO DO UMBIGO [4140]

Umbigo, que nos outros é bolinha,
é nelle um buraquinho, mas tão fundo
que fim nem ter parece! E fica immundo
a poncto de feder! Isso o aporrinha...

Num cottonette, tudo que se aninha
alli tende a sahir, mas, neste mundo,
ha coisas espantosas, e Raymundo
percebe que algum bicho dentro tinha!

Tirar tenta com pinça, agulha, faca,
e o bicho, se mexendo, vae entrando
ainda mais! Raymundo contraattacca!

Nervoso, acha um arame e enfia! Quando
ja sangra, é tarde! Excorre do babaca,
em meio ao sangue, um termite, ou quejando...

3. O CAUTO CAUSO DO DEDO [4143]

Ha certas embalagens que ninguem
consegue abrir: são plasticos no estylo
daquelle das torradas, um tranquillo
pacote, pouco practico, porem.

Raymundo, o desastrado, que não tem
la muita paciencia, para abril-o
se serve dum facão e, num vacillo,
por pouco o pollegar não fica sem!

Não é que elle se irrita ainda mais
por quasi ter cortado fora o dedo?
São essas reacções as mais fataes...

Um raio duas vezes não cae? Ledo
enganno! Alguem escuta agudos ais
na casa de Raymundo! Dá até medo!

4. O CAUTO CAUSO DO ESPETINHO [4147]

Em vez de camarões, escorpiões,
tostados, vermelhinhos, que na China
se comem, mas aqui não se imagina
que sejam comestiveis, e grandões!

Raymundo me questiona: "Tu não pões
fé nessa culinaria? Ah, coisa fina!"
Recuso-me a provar. Elle termina
servindo esse espetinho às refeições.

Às moscas, quasi, está seu restaurante,
mas elle insiste! E quer, pessoalmente,
mexer nos bichos vivos! Quem garante...?

Batata! Foi picado! Elle desmente,
mas corre a fama e ja não ha quem jante
alli... Mais dor no bolso, agora, sente!

5. O CAUTO CAUSO DA BOA ACÇÃO [4155]

Raymundo, que as velhinhas sempre ajuda
naquelle cruzamento e as atravessa,
um dia avista alguem que vem, sem pressa,
e para bem na esquina mais aguda.

É um cego, a bengalar. De quem o acuda
parece estar à espera. Antes que peça
ajuda, vae Raymundo: o cego, nessa
corrida, de calçada, às pressas, muda.

Chegando à esquina opposta, o cego solta
o braço de Raymundo, offega e grita
que ajuda não pedira, nem escolta.

Raymundo, melindrado, então se irrita
com tanta ingratidão e, olhando em volta,
no cego dá a rasteira mais bonita!

6. O CAUTO CAUSO DO CHURRASCO [4160]

Raymundo preparando a churrasqueira
está. Cada vizinho é um palpiteiro
que chega e quer metter a mão primeiro
na carne, xeretar na geladeira.

Cerveja nos canecos, ha quem queira
fallar de futebol com zombeteiro
proposito. Raymundo, que mineiro
não é, logo revida a brincadeira.

Os animos se exaltam. O churrasco
precisa de attenção. Raymundo vae,
às pressas, buscar alcohol. Abre o casco...

Borrifa a churrasqueira. Antes que um ai
se escute, as chammas sobem. Que fiasco!
Que a carne mais torrado o otario sae!

7. O CAUTO CAUSO DOS
    PARABENS [4164]

No seu anniversario, scisma e insiste
Raymundo: terá bolo com andares
diversos de recheio! "Si faltares
à festa (me diz elle) fico triste!"

Na hora de cortal-o, "Tu ja viste
um bolo egual a este?", diz com ares
de dono da verdade. "Em quaes logares
ha festas como a minha? Alguem os liste!"

Accendem-se as velinhas. É tão alto
o bolo, que Raymundo fica em pé,
mas nem lhe sae o sopro: de ar é falto!

De novo tenta, empolga-se elle, até
saltita! Calculando errado o salto,
cae sobre o bolo! Atola-se! Obvio, né?

8. O CAUTO CAUSO DA PASSAGEIRA PASSARINHA [4169]

Raymundo, no metrô, nota que a saia
da moça que se senta frente a frente
está curta demais. Algo indecente
lhe occorre: ha quem por sexo não se attraia?

Raymundo quer olhar. Deixa que caia
no piso o seu jornal. Se abaixa e sente
tesão ao ver aquillo... De repente,
na mão lhe pisa alguem da peor laia!

Raymundo aguenta. A moça se levanta,
sorrindo (Para elle?), e se prepara:
irá desembarcar. Elle se encanta...

Levanta-se tambem. No Jabaquara
ainda nem chegou, mas vae, qual anta,
atraz della... e lhe attinge a porta a cara!

9. O CAUTO CAUSO DA
CONSULTA UROLOGICA [4170]

Não ha quem aguardar horas prefira,
mas elle ao consultorio necessita
ir... Ufa! Até que emfim! Nem acredita!
Alguem chamou Raymundo Curupyra!

O que? Toque de prostata? Com ira
reage, mas precisa da bemdicta
ajuda... Paciencia! Elle arrebita
a bunda, abre o cu... "Tira logo, tira!"

O medico retira o dedo e, rindo,
informa que terá de repetir
aquillo muitas vezes! Não é lindo?

Raymundo, em casa, pensa: "Ora, um fakir
supporta algo peor! É mais bemvindo
um dedo que um caralho, ha que assumir..."

10. O CAUTO CAUSO DO TRANSPORTE COLLECTIVO [4174]

Num omnibus, Raymundo, que se senta
do lado da janella, vê que não
tem onde se sentar a velha! E tão
edosa lhe parece, em seus oitenta!

Levanta-se e sahir do banco tenta,
mas, antes que consiga, sua mão
esbarra no rapaz ao lado e vão-
-se os oculos da cara rabugenta.

Raymundo quer, ainda, se abaixar,
pegal-os, devolvel-os, e peora
o drama: os exmagou no calcanhar!

Desculpas não resolvem: tem, agora,
que arcar com as despesas! Seu azar
se nota: a velha até ja saltou fora!

11. O CAUTO CAUSO DA BOA NOITE [4178]

Raymundo, que não gosta de ballada,
resolve accompanhar o amigo numa.
Apenas confusão é o que elle arruma,
pois pede, na mixtura, uma "marvada".

Alguem deve ter posto coisa errada
no coppo: elle se lembra de que ruma
dalli com uma moça, de que fuma
cigarro "artezanal"... e de mais nada!

Accorda num motel, sem a charteira,
sem grana, documentos, sem chartão
de banco... E seu amigo? E a balladeira?

Se sente tão otario, fica tão
vexado que, amanhan, caso alguem queira
saber, diz que soffreu indigestão...

12. O CAUTO CAUSO DO PESADELO [4180]

Raymundo, com insomnia, acha que algum
remedio ajudará. Mas não tem nada
do typo em casa, excepto uma "marvada"
extranha, artezanal... Parece rhum...

Quem sabe com assucar... Mas nenhum
doutor receitaria uma roubada
daquellas! Faz Raymundo a trapalhada
e fica, alem de lucido, bebum!

Bem, "lucido" é maneira de dizer,
pois elle, que na cama vira e rola,
agora quer gozar, quer ter prazer!

Punhetas batte, insiste, quasi exfolla
a rola, sem successo! Addormecer
consegue, emfim! Mas sonha que é boiola!

13. O CAUTO CAUSO DO VULCANICO PANICO [4183]

Ainda adolescente, vê no espelho
Raymundo que nasceu aquella espinha
enorme em sua cara! Se abespinha
e tracta de expremel-a o rapazelho.

Parece-lhe um vulcão, todo vermelho,
que exhibe uma cratera amarellinha
no centro! Reparado elle nem tinha
ainda num Vesuvio tão parelho!

Esguicha o carnegão quando seu dedo
pressiona cada lado da cratera,
não para de esguichar assim tão cedo!

Sahiu tudo? Parece... Elle exaggera,
ou fica mais inchada agora? O medo
será fatal: jamais se recupera!

14. O CAUTO CAUSO DO CASARÃO AZARÃO [4188]

Viuva, emfim, ja pode ella dispor
da grana! Quer comprar um casarão
e alli morar sozinha! Acha um chartão:
Raymundo Curupyra, corrector.

Mas pode este mostrar seja o que for,
que a velha vê defeito! Na mansão
com preço la na casa do milhão
ha mofo, falta commodo... Um horror!

Tentando demonstrar como o sobrado
não tem assombração, Raymundo desce
com ella até o porão, sobe ao telhado...

No sotam, a janella oval parece
travada! Ao vir abril-a, cae, coitado!
"Phantasmas!", berra a velha, a fazer prece.

15. O CAUTO CAUSO DA SOLUÇÃO INTESTINAL [4190]

Prisão de ventre: alguem não teve, ainda,
na vida? Pois Raymundo agora está
com uma, mas das bravas! Tentou ja
de tudo, e a tripa como que se blinda!

Cadê o cocô? Cadê a merdinha linda,
a bosta do papae? Não sae, não dá
arzinho algum da graça? Que será
que espera o bebezão? Ai, hora infinda!

Sentado na privada, lê Raymundo
capitulos de humor num almanach...
Emquanto aguarda, anima-se, jocundo.

Gargalha da piada, solta um traque...
e a merda vem abaixo, la do fundo
da tripa... até que o trouxa se embasbaque!

16. O CAUTO CAUSO DO FUNERAL [4200]

De tudo faz Raymundo para estar
a tempo no velorio, mas ja segue
o enterro! Ao cemiterio elle consegue
chegar correndo, aphonico, sem ar!

Apenas manifesta seu pesar
aos filhos do defuncto e, antes que pegue
aquella grippe, vê que amarra o jegue
bem onde não teria que amarrar.

Tropeça, cae na cova, se enlameia
todinho, e está chovendo! Não tem sorte,
de facto, esse Raymundo! Coisa feia!

Faz tanto esforço para que conforte
os outros, e se ferra! Alguem com veia
diz: "Delle tem pavor a propria Morte!"

17. O CAUTO CAUSO DO LEITE DERRAMADO [4201]

A pizza amanhecida é mais gostosa,
segundo diz Raymundo, que, sozinho
em casa, lambe os beiços, a caminho
da "practica" cozinha, que é espaçosa...

Apenas para elle, e elle não goza
de apê tão grande quanto o do vizinho,
que come pizza cara e bebe vinho
carissimo... Raymundo, emfim, não posa.

Colloca a pizza fria numa enorme
e velha frigideira. Emquanto a esquenta,
relaxa na poltrona e, exhausto, dorme.

Accorda com a casa fumacenta
e um cheiro de queimado. Ja disforme
carvão virou a pizza... Agora, aguenta!

18. O CAUTO CAUSO DA COMIDA [4202]

Raymundo apaixonado está! Convida,
emfim, para jantar, a namorada.
Ainda se servindo da salada,
procura suggerir uma sahida:

"Que tal, depois da janta, tu, querida,
commigo te deitares?" Não diz nada
a moça, mas se mostra incommodada:
sorri, sem graça, e a sopa é repetida.

Parece que Raymundo não tem jeito,
nos termos em que insiste. A sobremesa
tem gosto meio amargo: é mau proveito...

Tentando disfarsar a rola tesa,
Raymundo pede a conta. Faz effeito
a nota: brocha, apoz ver a despesa!

19. O CAUTO CAUSO DO
PAPPO MELLIFLUO [4203]

A falla de Raymundo não combina:
grammatica correcta... ou grosseria?
Depois de tanta gaffe, o que seria
discurso vale a lyra da latrina.

Tentando conquistar uma menina,
diz elle: "Sabes bem o que eu queria...
Aquillo que a melhor sorveteria
ja viu... Tu, quando chupas coisa fina!"

Tambem na doceria as tentativas
fracassam: "Ser eu quero esse melloso
quindim pelo qual tanto tu salivas!"

Vae elle, qualquer hora, para gozo
geral, levar, daquellas mais esquivas,
um bolo pela cara, o desdictoso!

20. O CAUTO CAUSO DA
RARA METADE [4204]

Raymundo encontra alguem que o comprehende.
Difficil convivencia! Mas, emfim,
mulher bella e fiel não era assim
tão facil de encontrar, e elle se rende...

Bonita, ella não é: tudo depende
de gosto. Apresentada foi a mim,
dizendo-se Zuzanna Surubim,
mas pode ser só Zuza, que ella attende.

Cheguei a commentar com elle: "Veja,
combina Surubim com Curupyra!"
Mas elle achou que o gancho não se enseja.

Ficou mais preoccupado: quasi pira,
na duvida si esteja ou não esteja
mancadas dando. É grosso, mas se vira...

21. O CAUTO CAUSO DO
ALMOÇO DOMINGUEIRO [4205]

Si a Zuza fez, Raymundo não recusa:
comida bem caseira! Me convida,
tambem, para provar dessa comida,
e orgulha-se: "Foi feita pela Zuza!"

Não é que do tempero Zuza abusa?
Pimenta, até daquella mais ardida,
põe ella de montão! Como bebida,
um vinho assaz azedo, à moda lusa.

Fazer o que? Das tripas coração,
commigo penso, em fogo a lingua ardendo.
Em outra não me pegam elles, não!

Tal como de ter vindo eu me arrependo,
suspeito que Raymundo valentão
ser finge e aguenta firme o rango horrendo...

22. O CAUTO CAUSO DA CARONA [4206]

Carona me offerecem. Quem dirige
é Zuza, que se orgulha de ter boa
visão, sem usar oculos. Destoa
das lentes que o mau olho delle exige.

Mas ella nada enxerga! Eu penso: "Vige!"
Faz tanta barbeiragem, que ja soa
atraz uma sirene! Assim que excoa
o trafego, a policia nos afflige.

Charteira, ella nem tinha! E motorista
dizia ser, das boas! Eu mereço!
Raymundo a incentivara: "És az da pista!"

Va la que todo guarda tem seu preço,
mas acho que ella, caso não desista
do "officio", macta alguem! Não, agradeço!

23. O CAUTO CAUSO DO
   CARRO INSEGURO [4207]

Casal bem trapalhão está formado
por Zuza e por Raymundo! Nem me attrevo
a dar-lhes de presente aquelle trevo
de quattro folhas! Vae que os desagrado!

Checando o telephone, acho o recado
da Zuza: "Não se assuste, mas eu devo
dizer que um accidente..." Assim, longevo
nenhum dos dois será, temo, abalado.

Chegando ao hospital, encontro Zuza
inteira, mas Raymundo tem fractura
por todo o corpo. "O carro é velho...", accusa.

A culpa foi é della! Elle procura
livral-a, mas conheço a musa: abusa
guiando e que é "perita" me assegura!

24. O CAUTO CAUSO DO DESCASO [4208]

Será fogo de palha? Está brigado
Raymundo com a Zuza! Parecia
tão solido o casal! Não é que, um dia,
brigaram? Cada qual para o seu lado...

Contava-me Raymundo: "Ja excaldado
estou! Não caio noutra! Essa gurya
falhava no fogão! E dirigia
tão mal! Batteu-me o carro! O resultado..."

E exhibe as cicatrizes. Que direi?
Não tiro a razão delle... Mas será
que agora vae Raymundo virar gay?

Que nada! Cortejando outra ja está!
Será fogo de palha? Isso eu não sei,
nem sei si, um dia, a Zuza voltará...

25. O CAUTO CAUSO DO CARRO FUTURO [4209]

Raymundo quer comprar um carro novo.
Tomou vergonha: o velho era sucata
bem antes de batter! Agora tracta
de olhar quaes os modelos para o povo.

Eu, pobre, como só me locomovo
de trem ou de busão, fallo na latta:
vae dar é mais despesa! Não me acata
Raymundo, pois de nada eu o demovo.

Agora paga juros, prestação
altissima, seguro, gazolina,
pedagio, imposto, taxa de inspecção...

Até estacionamento... e não termina
ahi! Como elle é fraco de visão,
mais gasto tem com mulctas e officina...

26. O CAUTO CAUSO DO
MAL MENOR [4210]

Raymundo puto está: "Nem imaginas
que porra essa saccal burocracia
me impõe! Como augmentou minha myopia,
terei que comprar lentes menos finas!"

Mais grossas, quer dizer você! Ferinas
palavras, as que digo! Elle sabia,
porem, que aquelles oculos, um dia,
teria de trocar! Soffram, sovinas!

Voltando do oculista, uma receita
me mostra: "Sabes tu quanto isto custa?
E adeanta? A mulherada me rejeita!"

Inutil lhe dizer que, mesmo injusta,
a sorte é menos dura a quem acceita
pagar p'ra ver... Cegueira, sim, assusta!

27. O CAUTO CAUSO DA
MATTA COMPACTA (I) [4221]

Recusa-se Raymundo a fallar della,
da Zuza, mas concorda em me mostrar
aonde tinha ido e em que logar
achou e conheceu essa ex-"costella".

No parque Trianon tem-se uma bella
porção da Matta Atlantica. Seu ar
ainda é respiravel. Passear
alli fortes surpresas nos revela...

Aranhas, por exemplo: nunca vi
tamanhas! São maiores do que a mão
aberta! Diz Raymundo: "Por aqui..."

"Tens medo?", me pergunta. Digo não,
mas traio-me. "Uma enorme sobre ti
pendura-se!", diz elle. Eu corro, então.

28. O CAUTO CAUSO DA MATTA COMPACTA (II) [4222]

Raymundo ri da minha paranoia
de aranhas: "Fica calmo, que eu te aviso
si alguma em ti pullar!" Nem é preciso.
No tronco em que me apoio, uma se apoia!

Raymundo a joga ao chão. Seu pé destroe-a.
"As pego com os dedos!", sem juizo,
se gaba. Sahir desse paraiso
proponho: sei armar minha tramoia.

Si eu pago seu sanduba favorito,
Raymundo à lanchonette me accompanha
e, assim, novas surpresas eu evito...

Tá louco! Nesse bosque quem de aranha
for fan que se aventure! Elle é bonito,
mas denso, e abriga muita especie extranha!

29. O CAUTO CAUSO DO
JOGO ABERTO (I) [4223]

Explica-me Raymundo: "A Zuza tinha,
tambem, uma aranhona sobre si.
Ouvi seus gritos, perto, e a soccorri.
Assim a conheci. Bobeira minha!"

Não toco mais no assumpto, nem convinha.
Lanchamos um sanduba e, mal dalli
sahimos, elle indaga: "E quanto a ti?
Ainda não achaste uma gattinha?"

Querer desconversar é inutil. Tem
Raymundo perspicacia, embora grosso:
"Não queiras me engannar, porque sei bem..."

Admitto. É tudo tacito. "Olha, moço
(diz elle), eu sou é macho, vês? Porem
te entendo. És meu amigo, dou-te endosso!"

30. O CAUTO CAUSO DO JOGO ABERTO (II) [4224]

Raymundo se dispõe a confidente
ser intimo, e a me ouvir mostra-se aberto.
Tambem não sou veado, então lhe alerto:
com homens sou é sadico e inclemente!

"Não digas! Que é que fazes? O que sente
um sadico?" Eu explico: o typo certo
que eu gosto de humilhar, no qual desperto
o instincto masochista, é o mais carente...

"Carente? Como assim?" É um cego, explico.
Perdeu elle a visão, está indefeso
e docil. Se fodeu, e paga o mico...

Raymundo se interessa: "É mesmo! O peso
do azar rebaixa um homem! Até fico,
tambem, como tu ficas, de pau teso..."

31. O CAUTO CAUSO DO JOGO GANHO (I) [4225]

Indaga-me Raymundo o que é que faço
com elle e que proveito tiro disso.
Respondo que não viso compromisso,
só grana e diversão no tempo escasso.

O cego é um escriptor, nem é ricaço,
mas paga e leva, em troca, um pau mestiço
na bocca, um pé na cara, faz serviço
de escravo e massagista dum devasso...

"Caralho! Tu tens cara de neguinho
discreto, comportado... mas apromptas!
Apenas não entendo esse ceguinho..."

"Entendo até que pague as tuas contas,
que queira ser pisado... Até adivinho
seus traumas... Mas tu... tudo não me contas!"

32. O CAUTO CAUSO DO
JOGO GANHO (II) [4226]

"Como é que um escriptor pode ser cego?"
Raymundo acha impossivel, mas lhe conto
que tecla numa machina de prompto
effeito, como aquella em que eu navego.

"Precisas me levar la! Não sossego
emquanto não puder ver esse tonto
debaixo do teu pé! Porra, si eu monto
num desses, pinto o septe!" Eu não me nego.

Acciono o cellular e ao cego ligo:
prepare-se elle para ser zoado,
que, desta vez, commigo irá um amigo.

"E mora elle sozinho?" É aposentado,
explico, está enfurnado em seu abrigo:
à nossa mercê temos um veado!

33. O CAUTO CAUSO DO
JOGO DO JUGO (I) [4227]

Ao quieto apartamento, emfim, chegamos
e o cego nos recebe com sorriso
submisso. De Raymundo, elle, indeciso,
não sabe o que esperar... Ja são dois amos!

Querendo me exhibir, mostro que estamos
dispostos a zoar, e barbarizo
sem pena! Ao sanitario, de improviso,
conduzo o cego, ignoro os seus reclamos.

Colloco de joelhos o masoca
ao lado da latrina e, emquanto mijo,
beber faço, directo da piroca!

Raymundo só gargalha. O membro rijo
me fica: o azar dum cego me provoca
tesão e eu, com platéa, mais exijo!

34. O CAUTO CAUSO DO JOGO DO JUGO (II) [4228]

Raymundo assiste, apenas. Eu me assanho
com isso e forço o cego a chupar fundo,
bombando em sua bocca. O gosto immundo
de mijo e sebo, a um cego, é lucro, é ganho!

Se sente, na presença dum extranho,
o cego mais por baixo. Ri Raymundo
da cara delle. Vem-me o gozo e inundo
de porra esse orificio rouco e fanho.

Depois, na sala, pomo-nos folgados,
e o cego massageia nossos pés
usando a lingua, os labios bem treinados.

Raymundo não o fode: "Tu não és
humano, és bicho!", diz-lhe, rindo, aos brados.
"Só fodo boccas limpas, ao invez..."

35. O CAUTO CAUSO DO SALDO POSITIVO (I) [4229]

Apoz dalli sahirmos, diz Raymundo
que nunca tinha visto alguem, na vida,
tão sordido e pathetico. Duvida
que exista outro peor em todo o mundo.

Então, philosophando, algo profundo
consigo concluir: a mais soffrida
das victimas do azar tem sorte e lida
com rosas, comparada ao cego immundo...

O cego se consola com espinhos,
transforma em sonho erotico a torpeza,
emquanto escuta risos escarninhos.

Raymundo nem responde. Com certeza
concorda, comparando os finos vinhos
que bebe ao que um ceguinho bebe... à mesa.

36. O CAUTO CAUSO DO
SALDO POSITIVO (II) [4230]

Disposto a procurar por companheira
mais docil e submissa, se dedica
Raymundo, agora, à esphera vasta e rica
do espaço cybernetico, outra feira.

Nas redes sociaes, elle se esgueira
por multiplos perfis. Identifica,
assim, a serva certa, sem a zica
de um não dar-lhe a mulher que elle mais queira.

A dona do perfil se diz perfeita
escrava, ou odalisca, ou mesmo gueixa.
Raymundo, enthusiasmado, logo a acceita.

Diz ella: "A boa serva não se queixa
de nada, cumpre as ordens, não rejeita
tarefas e açoitar, até, se deixa..."

37. O CAUTO CAUSO DA
   ANCILLA QUE SE PERFILA (I) [4241]

Entrei no perfil della. A mulher diz
chamar-se Magdalena Iscariota
e photos posta usando couro, bota
de cano longo... Coxas tem de miss...

Embora offerecendo um dos perfis
mais vistos e accessados, faz que adopta
por dono só Raymundo. Eu, que idiota
não sou, não vou atraz de taes ardis!

Raymundo, enfeitiçado, não me escuta,
comtudo: "Ora, rapaz! Não sou creança!
Não penses tu que a Magda é mera puta!"

Será que, desta feita, elle não dansa?
Tomara! A tal de Magda mais fajuta
parece-me, fallando assim, tão mansa...

38. O CAUTO CAUSO DA ANCILLA QUE SE PERFILA (II) [4242]

Raymundo quer tractar essa tal Magda
do mesmo modo como eu tracto o meu
ceguinho escravizado, esclareceu.
Está, penso, a blefar: não é de nada!

Encontram-se affinal e, na ballada,
a noite passam. Tudo não sei eu
daquillo que rolou, mas ella deu
sympathica impressão, a meiga fada...

Raymundo della falla com convicta
firmeza: "Me lambeu até na sola!
Faz tudo que eu mandar!" Si elle acredita...

Diz ella que treinada foi na eschola
da Bella, aquella Mistress tão perita...
Será verdade? É um pappo que não colla...

39. O CAUTO CAUSO DA
ANCILLA QUE SE PERFILA (III) [4243]

Raymundo suggestiona-se e se mostra
novato como sadico: "Qual Bella?
Nem tinha, ainda, ouvido fallar della!
Confundo até os maçons e a Cosa Nostra!"

Lhe explico que differe dessa jostra
de Mafia um clube sado e o levo àquella
famosa casa aonde uma donzella
não vae e onde uma escrava aos pés se prostra.

Comnosco vem, calada, a propria Magda,
fingindo que ao Raymundo, apenas, serve,
que agora me está sendo apresentada.

Raymundo me pedira que lhe observe
os gestos e maneiras, que olhe cada
detalhe em sua falla e em sua verve.

40. O CAUTO CAUSO DA ANCILLA QUE SE PERFILA (IV) [4244]

Chegando ao Clube Dominna (onde a tonica
cae sobre a lettra "O"), noto que Magda
evita fallar muito: si calada
não fica, no que conta é bem laconica.

Dizendo comparar-se a uma nipponica
escrava, mal sorri, não pede nada.
Encontro alli uma antiga namorada
que a bota me lambeu, chamada Monika.

As duas, Magda e Mona, tambem são
amigas e se entendem. Chamo a Bella
e faço de Raymundo a introducção.

Exhibo-me e, ante todos, à cadella
da Monika dou ordens: lamba o chão
que eu piso, a bota, esfregue a lingua nella!

41. O CAUTO CAUSO DA
ANCILLA QUE SE PERFILA (V) [4245]

No clube, cada sala, cada mesa
quaesquer das preferencias satisfaz:
a escrava aos pés do algoz ou um rapaz
servindo a uma rainha, a uma princeza.

Ficamos onde alguma luz accesa
está, ja que Raymundo questão faz
de tudo ver, de olhar aquellas más
mulheres amestrando a sua presa.

Por minha vez, observo attentamente
a practica da Magda, os labios della
movendo-se, a gemer na nossa frente.

Supporta bem o açoite, se revela
domada na colleira, na corrente.
Aos tapas e aos pisões não se rebella.

42. O CAUTO CAUSO DA
ANCILLA QUE SE PERFILA (VI) [4246]

Em publico, ella, fora do ambiente
pornô do clube, porta-se de forma
correcta: tudo cumpre, segue a norma.
Raymundo, ao lado della, está contente.

Mas noto que elle cede, que consente,
nas contas, em gastar... E não me informa
direito no que gasta. Até reforma
na casa está fazendo, mas desmente:

"Magina! Estou só dando algum retoque,
que a Magda suggeriu! Reforma, quem
está fazendo, é ella!" Eu levo um choque.

Descubro que Raymundo quasi sem
poupança está, bancando que ella troque
de casa, e de vehiculo tambem...

43. O CAUTO CAUSO DA ANCILLA QUE SE PERFILA (VII) [4247]

Eis como entendo o jogo: quem nos fica
por baixo é quem nos paga a conta e não
o opposto. Mas Raymundo, o babacão,
compara a escrava à puta e a gratifica!

Alem de me chupar, calada, a pica,
a Monika me dava commissão
daquillo que ganhava. Cafetão
não fui, mas gigolô, que a Mona é rica.

Ao clube vae a Monika por puro
prazer, ou vicio, emquanto a Magdalena
frequenta como poncto mais seguro.

Alli faz seus contactos, arma a scena
e, quando arranja alguem, como eu apuro
agora, applica a tactica e o depenna!

44. O CAUTO CAUSO DA
ANCILLA QUE SE PERFILA (VIII) [4248]

Raymundo foi a victima mais molle
que a Magda ja fizera. Ella, mal drena
o saldo do babaca, foge e accena
de longe, dá adeusinho! E o cara engole!

Agora, quer amigo que o console,
e cabe a mim xingar a Magdalena
na frente delle: está que dá até pena,
na fossa, na deprê, no descontrole...

E eu fico ao lado, attento, pois, sinão,
o cara faz bobagem! É capaz
até de se tornar um beberrão...

Peor: de se drogar! Eu sou rapaz
folgado, mas me cuido! Os que não vão
na minha dão molleza a Satanaz!

45. O CAUTO CAUSO DA
ANCILLA QUE SE PERFILA (IX) [4249]

Qualquer hora me vingo da golpista,
ou ella mesma arranja quem a puna
por tudo que tem feito! Foi alumna
da Bella, nada! A Bella della dista!

Raymundo é muito bobo: alguem conquista
a sua confiança e uma fortuna
lhe rouba facilmente! Que reuna
seus cacos e não seja masochista!

Alguns dias passados, ja não quer
ouvir fallar em clubes de sadismo,
em serva, escravidão... Nem quer mulher!

Mas, mesmo assim, insisto nisso e scismo
que o cara necessita, haja o que houver,
de alguem que o comprehenda, em vez do abysmo.

46. O CAUTO CAUSO DA
ANCILLA QUE SE PERFILA (X) [4250]

Punheta, só, não basta: ja me inclino
a achar que de Raymundo a companhia
mais certa é, mesmo, a Zuza. Onde andaria,
agora, essa mulher? Nem imagino!

Às vezes, acredito que o Destino
nos mostra seu caminho. Elle nos guia,
colloca à nossa frente quem seria
melhor como parceira, é o que eu atino.

Si a gente desperdiça aquella chance,
talvez nos dê o Destino uma segunda
de, a tempo, reatarmos o romance.

Depende só da gente. Mas afunda
Raymundo em depressão e, antes que danse,
terei que aconselhar-lhe uma "Raymunda"...

47. O CAUTO CAUSO DA
CILADA ANNUNCIADA (I) [4261]

Familia é o que Raymundo ja não tem,
excepto a velha thia solteirona,
herdeira duns ricaços, que lhe abona
as dividas, lhe empresta algum vintem.

A velha é bem sovina, mas ninguem
mais tem direito à grana. Sua conna
Raymundo ja fodera quando a dona
e o proprio eram mais jovens... E fez bem!

Pois eis que, de repente, elle recebe
a tragica noticia: a velha está
morrendo e... não dará dinheiro à plebe!

Raymundo lacrymeja emquanto dá
noticia disso a mim. Ninguem concebe
que esteja alegre, né, gente? Será?

48. O CAUTO CAUSO DA CILADA ANNUNCIADA (II) [4262]

Eu ia convencel-o a dar à Zuza
mais uma chance... e então Raymundo fica
sabendo que a tithia, em breve, estica
as magras cannellinhas, la reclusa.

Não quero que a cabeça mais confusa
ainda se lhe torne: dou-lhe a dica
depois que elle enterrar a velha rica.
Por ora, elle que os pharmacos reduza...

Está deprimidissimo, tomando
remedios controlados. Mas, agora,
quem sabe a herança effeito faz, quejando...

Viaja elle ao enterro, em Pirapora,
seu berço. Voltará, mas não diz quando.
Na volta, eu torço, a vida emfim melhora...

49. O CAUTO CAUSO DA
CILADA ANNUNCIADA (III) [4263]

O tempo passa, mezes, quasi um anno,
e nada do Raymundo! Que estaria
fazendo? Se esqueceu da companhia
do amigo aqui, do brother, do seu mano?

Emfim, elle retorna ao centro urbano,
ao nosso chaos maluco. Que alegria
demonstra ao ver-me! Abbraços mil: "Um dia
te conto onde eu morava... Isso dá panno..."

"Estou mais rico, amigo! Tenho grana
sobrando! Mas alguem ja me ameaça!
Naquella terra a gente só se damna!"

E explica: "Poucos sabem que a ricaça
deixou-me tanto assim, mas um sacana
jurou me sequestrar! Achas? Tem graça?"

50. O CAUTO CAUSO DA
CILADA ANNUNCIADA (IV) [4264]

Raymundo em mim confia: quer que eu seja
tambem procurador, alem de amigo.
Dinheiro eu não recuso, mas consigo
manter-me honesto... e algum ja me sobeja.

Azar me traz, comtudo: alguem fareja
meus passos e, si excappo do perigo,
Raymundo não excappa... "Ja te ligo!",
me avisa e vae, sozinho, orar na egreja.

Sequestram-no! Ja estava demorando!
Recebo, ao cellular, o seu pedido
afflicto de resgate! Quanto? Quando?

"Depressa, amigo! Aqui só tem bandido
malvado e sanguinario! Tem um bando
aqui, me torturando! Estou fodido!"

51. O CAUTO CAUSO DA
    CILADA ANNUNCIADA (V) [4265]

Eu posso até ser muito comportado,
si alguem olhar a cor da minha pelle.
Mas mexam com Raymundo! Elle que appelle
por mim, e me transformo num soldado!

Da "lucta contra o crime" não me evado:
combatto, olho por olho, embora imbelle
poder de fogo eu tenha. O que me impelle
não é moral, nem ethica de Estado.

Apenas eu revido e, si preciso,
recorro aos tiras contra os que de raça
irmãos me são... Cuidado, eu lhes aviso!

Combino o dia, a hora, a grana, a praça
e, quando do orelhão um indeciso
bandido se approxima, a Lei o caça!

52. O CAUTO CAUSO DA
CILADA ANNUNCIADA (VI) [4266]

Emquanto, na policia, alguem rastreia
do "pobre" sequestrado o paradeiro,
Raymundo está soffrendo, em captiveiro,
sevicias mais crueis que as da cadeia.

Está, só de cueca e só de meia,
de rastros, recebendo, o tempo inteiro,
pisões e ponctapés, sentindo o cheiro
do mijo na privada ao lado, cheia.

Mordaça, só lhe tiram quando vão
mijar na sua bocca! Das algemas
se livra si, de quattro, andar no chão...

Coitado do Raymundo! Por problemas
do typo não passara! Fanfarrão,
gabava-se: "Tens medo? Ora, não temas!"

53. O CAUTO CAUSO DA
CILADA ANNUNCIADA (VII) [4267]

Raymundo acreditava que quem tinha
mais medo de sequestro era este seu
amigo aqui, mas elle se fodeu
bonito! Chora, emquanto está na linha:

"Soccorro! Por favor, tira da minha
poupança tudo! Entrega todo o meu
dinheiro!" E, emquanto o algoz não recebeu
a grana, elle rasteja, elle engattinha!

Lambeu, ja, tantos tennis, tantas botas,
no salto, na biqueira, no solado,
que até nem se envergonha ante as chacotas...

Agora, elle confessa: "Acostumado
fiquei a ser capacho! Tu não botas
fé nisso que te digo?" E eu só me enfado...

54. O CAUTO CAUSO DA CILADA ANNUNCIADA (VIII) [4268]

Pilheria faz agora, ainda vivo
e livre dos bandidos! Mas, si não
foi pago algum resgate, o que na mão
dos tiras eu deixei foi decisivo!

"Magina! (diz Raymundo) Eu só me privo
de notas, de papel! Taes coisas vão
no vento! A vida vale, meu irmão,
mais, muito mais, a quem não é captivo!"

Concordo, mas, ironico, retruco:
só vale quando a gente tem alguem
do lado, a nossa musa, o amor maluco!

Um homem não se basta! Ninguem tem
prazer só mentalmente, nem o eunucho!
Sem uma companheira, ouro é vintem!

55. O CAUTO CAUSO DO
RASTEIRO COMPANHEIRO (I) [4269]

Com jeito, vou tocando em delicado
assumpto: o amor da Zuza, ao qual, no fundo,
talvez egual não tenha neste mundo
o nosso trapalhão, que está excaldado.

Mas elle não dá chance! Eu desagrado
seu ego si a menciono! É tão profundo
seu trauma do accidente, que Raymundo
se nega a rever Zuza do seu lado!

O trauma do sequestro tambem é
difficil de passar, mas elle vae
levando: hoje passeia à noite, até!

Ja que elle não tem filhos, não foi pae,
lhe arranjo um basset hound, e do seu pé
não larga o salsichão, com elle sae...

56. O CAUTO CAUSO DO
RASTEIRO COMPANHEIRO (II) [4270]

Se chama o basset Chicho, mas Chichorro
da Gama o pedigree, certificado
na ficha, lhe registra. Do seu lado
a patta não arreda esse cachorro.

Raymundo bem se sente, diz: "Eu corro
menor risco si saio accompanhado
do bicho, não concordas?" Eu me agrado
com isso, mas de amor por cães não morro.

Prefiro, mesmo, é gente! Esse basset
está ganhando cada vez mais mimo,
mais beijo do Raymundo! Qual o que!

Ciumes eu não tenho! Não me animo,
porem, a provocal-o: o cão me vê
e rosna! Eu, hem? Nem delle me approximo!

57. O CAUTO CAUSO DO SOBRADO ASSOMBRADO (I) [4281]

Raymundo scisma: a grana que elle poupa,
deixada pela thia, tem que ser
mais fonte de alegria, de prazer!
Não basta a boa mesa, a boa roupa!

Se lembra de seu trampo, esse que sopa
não era: corrector de immoveis! Ter
aquelle casarão que quiz vender
à velha rabugenta... Hem? Que tal? Opa!

Pondero que a mansão malassombrada
periga estar... Teimoso, insiste o cara.
Scismou que a quer, que a casa é a que lhe agrada!

La vamos nós! Então ja se passara
bom tempo, mas a casa está fechada
ainda: a consideram muito cara!

58. O CAUTO CAUSO DO SOBRADO ASSOMBRADO (II) [4282]

Raymundo paga o preço, da escriptura
se apossa e as chaves pega, finalmente.
Convida-me a morar la: "Cabe gente
à beça em tantos quartos! Sem frescura!"

Topei, pois... Que fazer? Até a fofura
do Chicho vem comnosco. "De repente,
um cão pode ser optimo vidente
em caso de phantasmas!", me assegura.

E vamos visital-a no domingo,
ver tudo que precisa reformar,
onde é que tem buraco, onde tem pingo...

Chegamos. Muito matto no pomar
dos fundos, no jardim... Nervoso, eu xingo.
Aranha é o que não falta em tal solar!

59. O CAUTO CAUSO DO
SOBRADO ASSOMBRADO (III) [4283]

Porão tem, grande, a casa. Tem mansarda
no sotam, com ovaes aguas-furtadas.
O estylo é bem francez. Largas sacadas
em cada janellão... Quem se acovarda?

Por portas duplas, grossas, de cor parda,
passamos e subimos as escadas
de marmore. Molduras dão, quadradas
e ovaes, cara ao salão, que nos aguarda.

"Aqui, juncto à lareira, vão sofás!
(Raymundo aponcta) Alli, pomos poltronas
de couro! E opinião, tu não me dás?"

"E então? A decidir tu me abandonas?
Aqui, bibliotheca! Não são más
estantes, estas! Olha que grandonas!"

60. O CAUTO CAUSO DO
SOBRADO ASSOMBRADO (IV) [4284]

Mudamo-nos. Agora, sim! Apoz
reformas demoradas, nossa casa
parece-me habitavel! Não dephasa
do estylo o mobiliario, achamos nós...

"O quarto agradaria aos meus avós,
garanto! (acha Raymundo) A sala arrasa
de chique! E este relogio? Ainda atraza?
Comprei-o no mais caro dos brechós!"

Inquieto, o Chicho corre, sobe e desce
a larga escadaria. "Acho que vê
alguma coisa alli, não te parece?"

Raymundo se refere ao que o basset
achou: mais uma porta! E eu outra prece
murmuro: reza até quem pouco crê!

61. O CAUTO CAUSO DO
SOBRADO ASSOMBRADO (V) [4285]

A porta é dum armario, não de sala
ou quarto. Foi trancada, mas cadê
a chave? Talvez esta sirva e dê
p'ra abrir... Prompto! Nem temos que arrombal-a!

La dentro ha prateleiras. Uma mala
está bem alta. Aquillo que um basset
não pode alcançar, posso eu. Bem se lê
na tampa do bahu: "Sacra Kabbala"...

Difficil foi abril-o, mas emfim
consigo. Varios livros formam pilha...
Mais dizem a Raymundo do que a mim...

São numeros, são formulas. Partilha
Raymundo a pilha. À tarde, no jardim,
leremos parte dessa maravilha...

62. O CAUTO CAUSO DO
SOBRADO ASSOMBRADO (VI) [4286]

Apoz o almoço, vamos tomar ar
e os livros arejar. Lettra graphada
à mão nos dá "receitas" para cada
phantasma que appareça no solar.

Um mappa nos indica em que logar
devemos procurar coisa enterrada
no piso do porão. Caso encontrada,
a coisa afastará quem nos rondar...

Será que vale a pena? "Ora, amanhan
a gente busca a coisa!", diz Raymundo.
"Aposto que essa busca será van!"

Voltamos para dentro. Num profundo
estado somnolento eu caio. O affan
cansou-me. Deito e durmo num segundo.

63. O CAUTO CAUSO DO
SOBRADO ASSOMBRADO (VII) [4287]

Accordo pelas trez da madrugada.
Raymundo, em outro quarto, dorme. O Chicho
tambem. Escuto estalos. Algum bicho,
talvez um ratto, andando pela escada...

Não! Passos, me parecem! Fico cada
vez menos corajoso! O braço espicho
e pego um dos taes livros. No rabicho
da pagina que abri, leio a charada.

Consigo entender tudo! Incrivel! Nessa
altura, os passos chegam bem na porta
do quarto! Si é phantasma, elle a atravessa!

Recito em voz bem alta. A viva-morta
pessoa some! Caso ella me peça
mais reza, sei agora o que a conforta!

64. O CAUTO CAUSO DO
SOBRADO ASSOMBRADO (VIII) [4288]

Manhan seguinte, o Chicho, alegre, latte
la fora. Ouço Raymundo quando grita
com elle e o faz correr. Abro a bonita
janella de vitraes, onde o sol batte.

Raymundo me vê: "Queres chocolate?
Acabo de tomar!" Desço. Elle fricta
meus ovos: "Queres gemma molle?" Escripta
no prato, a phrase: "Coma bem, se tracte!"

À mesa, ninguem toca mais no assumpto
da vespera: parece exorcizado.
Será? Commigo mesmo é o que pergunto...

"Dormiste bem?", Raymundo, descansado,
indaga. Nada ouviu, nem um defuncto
suspeita que espantei no quarto ao lado!

65. O CAUTO CAUSO DO
SOBRADO ASSOMBRADO (IX) [4289]

"Teremos sempre, agora, uma empregada..."
Raymundo percebeu que seu padrão
de vida está mais alto. "A louça não
se lava por si mesma, a roupa, nada!"

E chega a mensalista, acostumada
com casas grandes. Haja, então, sabão!
Não vae dormir no sotam, no porão
tampouco: tem seu quarto, e com sacada!

Os ovos, quem os fricta é a propria Martha,
agora. O Chicho acaba por gostar
mais della, que a comida lhe dá, farta...

Tem cara, o sobradão, até de lar!
À noite é que o temor não me descharta
as almas que virão perambular...

66. O CAUTO CAUSO DO SOBRADO ASSOMBRADO (X) [4290]

Pensou Martha que a gente se levanta
durante a noite e pela casa vaga.
De facto, alguem que mija, alguem que caga
vagueia à noite, caso pese a janta...

Passado um tempo, aqui ninguem se espanta
si, numa occasião mais aziaga,
algum barulho o nosso somno estraga
e a Martha que appellar tem para a sancta.

Aos poucos, os phantasmas vão-se embora,
si toda a assombração perdeu a graça
e o proprio Raymundão nem se apavora...

Meu medo é que, brincando, o tempo passa
e pode o meu amigo, a qualquer hora,
querer uma vidinha mais devassa...

67. O CAUTO CAUSO DA
   CAMPANHA GANHA (I) [4301]

Raymundo está scismado: agora pensa
entrar para a politica. Despista
accerca do partido a ter em vista,
mas temo, de cabeça, a dor immensa.

Você ja tem a mente um tanto tensa,
lhe digo, não precisa duma lista
mais longa de problemas! Humanista
se achando, a falcatrua não compensa...

Não pensa em disputar cargo electivo?
Então, o que pretende? Um assessor
tornar-se? Um secretario? Um membro activo?

Bobão, acha Raymundo que, si for
a um cargo nomeado... Eu? Si incentivo
bobagens dessas? Nada! É um dissabor!

68. O CAUTO CAUSO DA
   CAMPANHA GANHA (II) [4302]

Um membro do Partido Popular
Paulista, o "Pepepê", que visitara
Raymundo, umas minhocas lhe plantara
no espirito, e elle andava a divagar.

Tentava um gabinete simular,
um typico escriptorio, em nossa clara,
solar bibliotheca, de obra rara
repleta, e collecção particular.

"Até que despachar aqui podia
um vice-presidente, um deputado,
não achas? Inclusive eu mesmo, um dia..."

Discordo, desconverso, e estar zangado
demonstro... mas Raymundo, que abbrevia
o pappo, teima: está determinado!

69. O CAUTO CAUSO DA
CAMPANHA GANHA (III) [4303]

Eu ouço o telephone. Martha attende
e chama por Raymundo, que até corre,
solicito: "Alô? Prompto!" Tomei porre,
ja, dessas ligações! E o pappo rende!

"E então? O companheiro não entende
assim? O candidato que concorre
comnosco é o peor quadro! Elle que torre
o fundo partidario! Elle se vende!"

"Não! Fora de questão, meu companheiro!
O caixa dois é Oscar quem arrecada!
Entendo... Então precisas do dinheiro..."

"Farei o que é possivel... A bancada
está compromettida? Ora, eu me inteiro
de tudo! E a convenção? Ja foi marcada?"

70. O CAUTO CAUSO DA
CAMPANHA GANHA (IV) [4304]

Que sacco! O tal de Oscar Raposo Pires
nos vive pressionando e, quando não
requer pessoalmente, a ligação
quem disca é o Vaz de Lyra, ou é o Ramires!

"Sim! Sim! (Raymundo insiste) Si pedires
dinheiro p'ra campanha, a commissão
não pode recusar! De tanto, então,
precisas tu? Faz falta até aos emires!"

O caso é que Raymundo collabora
alem da conta e banca alguma excusa
e espuria transacção... A qualquer hora...

Estoura, emfim, o escandalo! Ja accusa
seus correligionarios quem, agora,
virou casaca: a nossa mãe inclusa...

71. O CAUTO CAUSO DA
CAMPANHA GANHA (V) [4305]

Tá vendo? Não fallei? Você não tinha
nadinha que emprestar a nossa grana
ao perfido do Oscar, esse sacana!
E agora? A commissão nos esquadrinha!

Raymundo, deprimido, se aporrinha,
temendo responder e pegar canna
por causa do partido. Mas se enganna
quem acha que com isso nos definha!

Tractemos de excappar, antes que o caso
se aggrave! Na Argentina conhecemos
alguem que nos asyle a curto prazo!

"A quem tu te referes?" Ora, ao Lemos!
"Mas claro! O Astolpho Lemos! O Parnaso
ainda la funcciona? Pois iremos!"

72. O CAUTO CAUSO DA CAMPANHA GANHA (VI) [4306]

Aquelle escriptor cego, que me poz
com Lemos em contacto, foi legal
commigo, introduzindo-me no tal
Parnaso Masochista, que propoz.

No clube, quem compõe feijão co'arroz
não entra, só quem transa bacchanal
poetica, debocha e verso egual
escreve ao dos auctores mais pornôs.

Assim, nós, que Bocage e Sade lemos,
ficamos conhecendo outros collegas
de officio: por exemplo, Astolpho Lemos.

"Então achas que dessas taes refregas
politicas estamos e estaremos
a salvo, hem? Que és experto tu não negas!"

73. O CAUTO CAUSO DA
CAMPANHA GANHA (VII) [4307]

Façamos pouca mala, que attenção
melhor é não chamar! Martha aqui fica
com Chicho e toma conta desta rica
mansão, que põe saudoso um coração...

O hinverno, em Buenos Aires, é estação
mais fria que a daqui. Seguindo a dica
do Lemos, que la vive e la publica,
eu acho o apartamento mais à mão.

Pertinho do metrô, longe não dista
dos bosques de Palermo. O predio tem
até mansarda, e faz-me saudosista...

Alli nos installamos, e "muy bien",
segundo affirma o Lemos, que despista
qualquer correspondencia que nos vem.

74. O CAUTO CAUSO DA CAMPANHA GANHA (VIII) [4308]

Raymundo, que ja estava acostumado
com salas espaçosas, tem agora
que ater-se a poucos metros. Quasi chora,
pensando no cachorro, no gramado...

O Lemos me assegura: eu não invado
o clube si appareço, a qualquer hora,
e faço alguns clientes. Quem adora
lamber a minha bota é Pablo Hurtado.

Poeta retifista, elle desmente:
Partido Nacional ou Socialista
o clube nunca fora, antigamente!

A sigla mais se alinha e mais se alista
na praia de Sodoma e na corrente
satanica, de cor surrealista.

75. O CAUTO CAUSO DA
CAMPANHA GANHA (IX) [4309]

Medina e Lamborghini agora leio,
attento aos delinquentes juvenis
que, sadicos, me inspiram. Tambem fiz
contacto com poetas desse meio.

Acabo publicando um conto cheio
de scenas bem podolatras, pois quiz
o Pablo que eu fizesse algo. Feliz
estou! Raymundo o leu: "Não fazes feio!"

Noticias do Brasil chegam, e más:
rastreiam o Raymundo! Martha está
depondo a seu favor... Pobre rapaz!

Tão cedo não regressa, então! Será?
Dá voltas a politica, que traz
de volta o Pepepê, sem bafafá.

76. O CAUTO CAUSO DA
CAMPANHA GANHA (X) [4310]

Raymundo signal verde espera para
a Sampa retornar! E logo agora,
que a gente na Argentina bem ja mora,
teremos que sahir? Ah! Quem sonhara?

Despeço-me de Pablo, que declara
eterno amor à minha bota: chora,
implora que eu portenho vire e embora
não venha, que me compra outra mais cara...

E aqui de novo estamos, ja que em canna
Raymundo não se arrisca a ser levado.
Metropole saudosa, a paulistana!

Parece até mentira! No sobrado
se espalha a trepadeira (Que bacana!),
cobrindo-lhe a fachada, até o telhado!

77. O CAUTO CAUSO DA
CAUSA PERDIDA (I) [4311]

Raymundo me refresca: "A trepadeira
ja estava alli! Talvez tenha crescido
um pouco..." Eu, que dos olhos não duvido,
aposto que algo vivo alli se esgueira.

Pragmatico, Raymundo dá canseira
à Martha, ao advogado. Si o partido
quizer incommodar-nos, resolvido
está: ver da politica a caveira!

Aos poucos, tudo volta a uma rotina
normal, de residencia que se preza.
Saraus, sabbado à tarde, serão sina.

De quando em vez, Raymundo ainda reza
na egreja: pede ao sancto uma menina
fiel, sinão a edade logo pesa...

78. O CAUTO CAUSO DA CAUSA PERDIDA (II) [4312]

Foi anticlerical Bocage. Sade
tambem. Por isso nunca vou à egreja.
O medo dos phantasmas faz que eu seja
mais crente, porem, essa é que é a verdade...

Espero que Raymundo sempre nade
em grana, mas amigo é quem deseja
maior felicidade: que elle esteja
casado, e bem casado, o meu confrade!

Parece incoherente, eu sei, mas acho
que a culpa é minha, às vezes, por não ter
um anjo sido a alguem como esse macho...

O azar, eu sei, é delle, mas dever
eu tinha de ajudar, pois ser capacho
merece só quem paga por prazer.

79. O CAUTO CAUSO DA
CAUSA PERDIDA (III) [4313]

No sabbado, em saraus, na sexta-feira
até, minha leitura está famosa!
Valendo-me da fama de que goza
Bocage, leio delle a safra inteira:

"Rapada, amarellenta, cabelleira..."
"Cagando estava a dama mais formosa..."
"Na scena em quadra tragico-hinvernosa..."
"Porripotente heroe, que uma cadeira..."

O cego me ensinara, aquelle sujo
poeta, a dar valor aos fescenninos
auctores, inclusive ao dicto cujo.

Raymundo applaude, serve vinhos finos
aos nossos convidados: Araujo,
o "Abbade", Piva, o "Duque", e seus meninos.

80. O CAUTO CAUSO DA
CAUSA PERDIDA (IV) [4314]

"Estamos sem dinheiro!", se lamenta
Raymundo, desfalcado e endividado
por causa do partido. Eu, do meu lado,
lamento essa politica nojenta.

Não fosse a tal campanha, nos noventa,
que o saldo nos drenara, nosso estado
seria bem melhor! Este sobrado
Raymundo, daqui a pouco, não sustenta!

Sahida elle encontrou: a constructora
pretende erguer aqui mais uma dessas
horriveis torres! Sampa é predadora!

Implora-me Raymundo: "Não me impeças
de nisso me metter! Outro não fora
o jeito! Vou vender!" E o vende às pressas...

81. O CAUTO CAUSO DA CAUSA PERDIDA (V) [4315]

Emquanto um edificio estiver sendo
erguido no estrategico terreno,
installa-nos a empresa num pequeno
apê. Raymundo acceita: "Certo, eu vendo!"

Demolem o sobrado. Aquelle horrendo
e esqualido esqueleto sobe, a pleno
vapor! Eu, que detesto e que condemno
a nova architectura, emfim me rendo...

Teremos, quando prompto, apartamento
naquelle condominio vertical...
Ah, quanta paciencia ter eu tento!

Raymundo inspira pena: afunda em tal
deprê, que superar este momento
parece-me um presente de Natal.

82. O CAUTO CAUSO DA
CAUSA PERDIDA (VI) [4316]

Papae Noel ouviu a nossa prece!
Entregam em dezembro a chave e os trez
entramos neste futil e burguez
caixote de concreto, apoz o estresse:

Raymundo, Chicho e eu mesmo. Antes pudesse
comnosco vir a Martha! Ella nos fez
favor, muito aturou. No fim do mez
cansou de ouvir desculpas. Quem merece?

Até a bibliotheca foi vendida
ao sebo, pois Raymundo ja devia
mais grana e o principal, mesmo, é comida.

Adeus, saraus aos sabbados, orgia
constante, boa mesa! Se endivida
quem parca tem noção de economia...

83. O CAUTO CAUSO DA CAUSA PERDIDA (VII) [4317]

Emprego anda difficil. Só de bico
ninguem mais se mantem. Quasi vazio
está nosso apezão. Passamos frio
à noite, e mal me sinto si aqui fico.

Por fora, o predio cara tem de rico,
com cameras, controles que sem fio
funccionam... Mas, ah! Como eu me entedio
sabendo que arcaremos com um mico!

Tão caro é o condominio, que devendo
ficamos e Raymundo, inadimplente,
confessa: "Amigo! Ah, como me arrependo!"

Procuro consolal-o: logo a gente
supera este periodo agudo, horrendo,
e volta àquelle nivel mais decente...

84. O CAUTO CAUSO DA CAUSA PERDIDA (VIII) [4318]

O Chicho, elle tambem, não se acostuma
trancado o dia todo aqui. Passeia,
commigo ou com Raymundo, só por meia
horinha, e desejava, ao menos, uma...

Si entrou no elevador, logo elle arruma
encrenca com o poodle, cara feia
faz para o labrador, e se chateia
si alguem lhe puxa a orelha. Odeia, em summa.

Com suas pattas tortas, ar de triste,
caminha lentamente na calçada:
não pode mais correr, e nem insiste.

Seu jeito de "pidão" commove cada
vizinho. Diz Raymundo ao Chicho: "Viste?
De ti todos teem pena! De mim, nada!"

85. O CAUTO CAUSO DA
CAUSA PERDIDA (IX) [4319]

As contas se accumulam e Raymundo
ja briga com o syndico, quer pôr
na marra em seu logar o zelador,
com má vontade tracta todo mundo.

Vizinhos interphonam e, segundo
o syndico, reclamam com furor
"daquelle rapazinho alli, de cor,
com pinta de ladrão, tennis immundo..."

Fallaram mal do amigo, é natural
que irritem o Raymundo! Como pode
alguem barrar-me a entrada social?

Commigo o povo implica, e quem se fode
é elle? Ah, não engulo! Os tracto mal,
tambem, e quem quizer que se incommode!

86. O CAUTO CAUSO DA
CAUSA PERDIDA (X) [4320]

Não basta que reclamem: elles vão
fazer constar em acta que "em aberto"
está nossa "unidade". "Eu não acerto
as contas, mesmo, e prompto!", é o que ouvirão.

Raymundo é tido como respondão
e, alem de caloteiro, a descoberto
deixado tem seu saldo: o banco perto
está de lhe dizer um secco não...

Protestos tem na praça e negativo
cadastro no commercio. Desse jeito,
fallido acabará, pelo meu crivo...

Eu quasi justifico o preconceito
e torno-me bandido! Não convivo,
porem, com ladrões! Quero mais respeito!

87. O CAUTO CAUSO DA
CASA CAHIDA (I) [4321]

Maus sonhos tenho tido! O casarão
jamais irá sahir-me da cabeça,
pois temo, impressionado, que appareça
aqui no apartamento a assombração...

Pudera! Onde está agora a fundação
do predio, era o porão daquella avessa
mansão malassombrada! Que aconteça
aquillo novamente é certo, então!

Só tenho, por emquanto, um pesadelo
terrivel, recorrente: a casa está
cahindo e, la de dentro, ouço um appello...

"Não deixe demolir! Isso será
fatal! Não vae o Livro protegel-o
da nossa maldicção, da sorte má!"

88. O CAUTO CAUSO DA
CASA CAHIDA (II) [4322]

Accordo. Está meu quarto todo escuro.
Accendo a luz fraquinha à cabeceira
da cama, no creado mudo. Ah, queira
Satan que eu jamais passe egual apuro!

Mas passo! Noutra noite, vejo, eu juro,
alguem que se approxima e que se esgueira
na minha direcção! Uma caveira!
Seus dentes brilham! Sinto-me inseguro...

Ainda estou sonhando, penso, e tento
manter-me calmo. O tetrico esqueleto
se afasta! Ufa! Na cama, então, me sento...

Bellisco-me, na cara os dedos metto:
não era sonho! Deste apartamento
phantasmas dentro estão, branco no preto!

89. O CAUTO CAUSO DA
CASA CAHIDA (III) [4323]

Dirijo-me ao banheiro, com receio
de estar, de novo, frente a frente com
o monstro cadaverico. Ouço um som
horrendo, guttural, roufenho e feio!

O Chicho está rosnando, eu acho, eu creio...
Enganno-me: Raymundo rhoncha! Ah, bom!
Estão ambos dormindo... Ao edredom
retorno e, me cobrindo, devaneio...

Estou é delirando, então é isso!
Preciso relaxar, pegar no somno
de novo, me esquecer do tal feitiço!

Espero que Raymundo seja dono,
ainda, dos taes livros, ou me enguiço
na proxima! Emfim durmo e me abandono...

90. O CAUTO CAUSO DA
CASA CAHIDA (IV) [4324]

Eu temo que a "Kabbala" tenha sido
vendida, junctamente com aquella
geral bibliotheca, mas revela
Raymundo que a guardou: é prevenido.

"Está dentro da caixa. Não decido
si a vendo ou si a arremesso da janella...",
graceja, sem saber como me gela
o medo de rever um fallecido.

O Livro me está, agora, sempre à mão.
Assim que apparecer alma penada
no quarto, espantarei a maldicção!

Não tem apparecido, mas, a cada
minuto, ou hora, ou noite, occasião
não falta para usal-o, isso é barbada!

91. O CAUTO CAUSO DA
CASA CAHIDA (V) [4325]

O Chicho está velhinho: elle não dura
mais muito tempo. E está Raymundo triste
com isso: si o cachorro não resiste
aos annos, nós tampouco... Isso o tortura.

E morre, o coitadinho! A sepultura
lhe damos no jardim que ainda existe
nos fundos do edificio. Ha quem conquiste
direito de sepulchro ter à altura?

Com lapide, inscripção, emfim com tudo
que aquella velha thia, em Pirapora,
tivera, tem tambem o salsichudo!

Restaram delle as photos, as que, agora,
Raymundo fica olhando, carrancudo.
Na minha frente, finge que não chora...

92. O CAUTO CAUSO DA
CASA CAHIDA (VI) [4326]

Buchicho, no edificio, nos diffama:
quem foi do condominio à reunião
reclama que enterramos nosso cão
no meio do jardim e sob a grama!

Acabam concordando que quem ama
cachorros tem direito e tem razão
de dar-lhes bom enterro! Agora estão
fazendo o mesmo e ja ninguem reclama...

Virou o jardimzinho um campo sancto
e cada cocker, cada labrador
que morre, alli terá um enterro e tanto!

Só não permittem poodle, pois o auctor
da sabia suggestão, como eu garanto,
odeia poodle! Estou a seu favor!

93. O CAUTO CAUSO DA
CASA CAHIDA (VII) [4327]

O facto é que ficou o apartamento
mais gelido, mais triste, sem o Chicho.
Raymundo não deseja mais ter bicho
em casa e convencel-o eu ja nem tento.

À noite, volta o medo: basta o vento
battendo na janella, e ja me espicho
na cama, preoccupado. Nem capricho
nos dentes escovados, desattento.

Raymundo dorme logo, mas eu não
consigo addormecer, temendo aquella
caveira luminosa, a assombração!

"Kabbala" à cabeceira, só com ella
eu conto, desejando que o verão
depressa chegue e eu abra esta janella...

94. O CAUTO CAUSO DA
CASA CAHIDA (VIII) [4328]

Mas, antes que o verão chegue e nos faça
felizes, a caveira me visita
de novo! Se approxima, essa maldicta,
da cama e, debruçando-se, me abbraça!

Empurro, apavorado, essa desgraça
e della desvencilho-me, na afflicta,
agonica attitude de quem grita
de horror, durante a noite que não passa...

Acabo percebendo que a caveira
pretende me dizer algo... Está bem!
Pois diga! Desembuche, caso queira!

E falla a apparição: "Raymundo tem
condão de ser feliz! Mas a maneira
está num pacto: venha para o Alem!"

95. O CAUTO CAUSO DA
CASA CAHIDA (IX) [4329]

Então terei que estar, segundo o pacto,
disposto a offerecer-me no logar
do amigo mais querido e supportar
a morte, ou coisa assim? Destino ingrato!

Mas seja o que tiver que ser! Me macto,
me entrego, em sacrificio, à tumular
caveira mensageira! Quero estar
a postos e partir, no tempo exacto!

Assim, no pesadelo, a noite passo,
sonhando que com algo eu dialogo,
que ganho esse agourento e ossudo abbraço.

Às septe, ao accordar, esqueço logo
daquillo: mais dynamico me faço
e, em busca dum emprego, a sorte jogo.

96. O CAUTO CAUSO DA CASA CAHIDA (X) [4330]

Eu tenho faculdade e tambem tem
Raymundo algum estudo, mas não acho
um trampo que me sirva! Ser capacho
dum chefe eu não aturo, de ninguem!

Por isso está difficil! O que vem,
não quero e, quando um quero, é só de tacho
a cara que me fica! Quem é macho
não leva desaforos, não! Eu, hem?

Raymundo se deprime, e o tempo passa...
Parece que eu ja disse isto, la atraz...
Ficar me repetindo não tem graça!

Podemos nós fazer tudo o que faz
alguem que não morreu e na cachaça
não vive se afogando! Temos gaz!

97. O CAUTO CAUSO DA CASA FALLIDA (I) [4331]

Raymundo ja fizera uma porção
de coisas: pão, dogão, pastel de feira,
carreto, correctagem... de maneira
que como se virar sabe, o bicão.

Ja teve restaurante... Por que não
abrir um, novamente? Tem inteira
ajuda minha, desde que não queira
servir, como espetinho, escorpião.

Propõe-se a montar uma pizzaria
de bairro, sem frescura, bem pequena,
pois tracta de fazer economia.

Na duvida fiquei si vale a pena,
mas elle decidiu: é o que queria.
Disponho-me a ajudal-o, à força plena.

98. O CAUTO CAUSO DA
CASA FALLIDA (II) [4332]

Eu nunca funccionario tinha sido
do typo, mas me viro agora, à guisa.
Attento ao telephone, attendo: "Pizza
Formaggica! Boa noite! Seu pedido?"

"Inteira margherita?" Me divido
em varias funcções, menos as da brisa
nocturna. "Quattro queijos? Tá! Precisa
de troco? Quer bebida?" Ai, meu ouvido!

"Metade calabreza? Outra metade?
Atum?" Como este trampo me enche o sacco!
Será que não existe um que me agrade?

Raymundo, que confia no meu taco,
se illude que terá prosperidade,
mas nesta profissão eu não emplaco!

99. O CAUTO CAUSO DA
CASA FALLIDA (III) [4333]

Raymundo, quando pode, é bem sacana!
Começa a fajutar na mozzarella,
no atum mal conservado... Como é bella
a photo do prospecto, como enganna!

Na pizza que chamar "napolitana"
ninguem consegue, a gente logo appella:
tem gosto, mas de nada! A massa mella
com fructa podre a pizza de banana!

Ficando vae mais fraco o movimento.
Raymundo faz as contas, somma, tica:
vermelho se tornou nosso orçamento.

"Diabos! Tu não achas que esta zica
teria que passar?" Eu me lamento,
tambem, e a repetir-se a gente fica.

100. O CAUTO CAUSO DA
CASA FALLIDA (IV) [4334]

Melhor, mesmo, evitar peripheria
na hora de abrir porta onde se venda.
Não ha policiamento aqui que attenda
nenhum commerciante, e o gatto mia...

Bandidos nos assaltam numa fria
noitinha de domingo! Nossa renda,
tão pouca ja, levou a reprimenda
dos manos. Um na cara até nos ria:

"Ahi, não tem vergonha, não, mané?
No caixa só tem isso? Que merreca!
Não chega p'ra pagar nosso café!"

Raymundo, ouvindo aquillo, quasi pecca
por falta de etiqueta e os xinga, até.
Encaro os manos, mudo: a voz me secca!

101. O CAUTO CAUSO DA
CASA FALLIDA (V) [4335]

O assalto na Formaggica marcava
mais uma do Raymundo na derrota.
Si estava diminuta, agora a nota
sumiu, e nossa crise, então, se aggrava.

Raymundo encheu-se. Manda a pizza à fava:
"Ja chega! Saber queres? Isto exgotta
a minha paciencia! Passo a quota,
o poncto, e encerro a firma! Ai, zica brava!"

"Dictado bom é: casa de ferreiro,
espeto de pau! Nosso apartamento
terá que ser meu poncto e meu terreiro!"

E cria a Locadora Uivante Vento,
que aluga só mansões: "Será o primeiro
do genero este typo de fomento!"

102. O CAUTO CAUSO DA
CASA FALLIDA (VI) [4336]

A nova immobiliaria, que funcciona
na sala do apezão, se especializa
em malassombrações. Uma pesquisa
revela: isso deixou de ser cafona...

Os velhos casarões, alli na zona
central da Crackolandia, são, à guisa
de exoticos castellos, o que visa
Raymundo nos negocios que ambiciona.

Ja desvalorizados, decadentes,
nos servem como, aos filmes, locação
bem como de turisticos pães quentes.

Raymundo experiencia tem: na mão,
seu livro da "Kabbala". E alguns clientes
começam a pintar... Nos pagarão?

103. O CAUTO CAUSO DA
CASA FALLIDA (VII) [4337]

Vizinhos desconfiam que anda aqui
no apê Raymundo tendo actividade
não-residencial, coisa que invade
a nossa convenção. Raymundo ri:

"Magina si eu dou bola! Nunca vi
tamanha estupidez! Caso arrecade
algum, eu pago as contas; caso nade
em grana, quito tudo! Agrada a ti?"

"Então, de que reclamam? Que preferem?
Que eu fique inadimplente, ou que me acerte?
Impeçam-me esses trouxas, si puderem!"

Aquillo tudo, às vezes, me diverte.
É tão surrealista, que não querem
amigos me crer... Quanto o azar se inverte!

104. O CAUTO CAUSO DA CASA FALLIDA (VIII) [4338]

Se inverte, mesmo, o azar! Bem parecia
fazer a immobiliaria algum successo!
Aqui no apartamento tem ingresso
até gente famosa, todo dia!

Aquelle director, que fez "Orgia
macabra", "A mão de Dracula" e "O regresso
de Dracula", vem sempre! Até lhe peço
autographo, morrendo de alegria!

Sim, Candido Verissimo, em pessoa,
que gosta de filmar num casarão
daquelles... E lhe damos coisa boa!

Cortiços, pardieiros, um montão
de velhos palacetes que, apregoa
Raymundo, "Transylvania não tem, não!"

105. O CAUTO CAUSO DO
CASO CONJUGADO (I) [4339]

Com Candido apparece, noite certa,
a actriz pornô Vannessa de Gomorrha.
Emquanto com Raymundo ha quem discorra,
Vannessa encontra a minha porta aberta.

Meu quarto ella visita. Com experta
visão, seu olho é facil que percorra
a minha estante e veja onde é que a porra
me jorra. Faz-me então carnal offerta...

"Você gosta de livros, hem? Marquez
de Sade! Apollinaire! Crepax! Pichard!
Gibis, tambem! Me empresta uns dois ou trez?"

Em troca, ella me beija. O paladar
da sua lingua eguala-se ao francez
patê, desses de figado: um manjar!

106. O CAUTO CAUSO DO
CASO CONJUGADO (II) [4340]

Raymundo reparou na moça, é claro.
Mas tinha que attenção ao cineasta
dar. Quando vê que a moça não se afasta
de mim, tudo me cobra. Eu me declaro:

Gostei, sim, da menina... Mas avaro
não sou, e um namorado só não basta
a moça tão promiscua e nada casta.
Reparto o meu patê, que está tão caro...

Sou exhibicionista e treparia
com ella de Raymundo na presença.
Comnosco até menage ella queria...

Raymundo, porem, diz: "Não ha o que vença
a minha timidez..." A nossa orgia
com ella é de um por vez. E ella, o que pensa?

107. O CAUTO CAUSO DO
CASO CONJUGADO (III) [4341]

Vannessa, o que vê nelle? Aquelle jeito
de nerd, oculos grandes, ar pateta.
Em mim ella não vê nenhum athleta,
galan, villão, mocinho ou bom sujeito...

Apenas um moleque, ou um perfeito
malandro brasileiro, da selecta
ralé miscigenada... Me completa
fodel-a e eu, hedonista, me aproveito.

Raymundo não é tão malicioso
assim: como qualquer macho, se gaba.
O mesmo não affirmo do meu gozo.

Eu sou mais come-quieto, mas acaba
que, quando acho um patê muito gostoso,
eu monto em cyma e abuso da vagaba...

108. O CAUTO CAUSO DO
CASO CONJUGADO (IV) [4342]

Pergunta-me Vannessa, em tom de voz
sedoso e avelludado: "Agora eu ando
curiosa... Estão vocês junctos morando
faz tempo?" Lhe respondo, então, a sós:

Na fila do guichê do banco, nós
viviamos, o tempo todo, entrando.
Alli nos conhecemos, nem sei quando...
Nós eramos, então, office-boys.

E fomos, desde Osasco até Guarulhos,
cruzando esta metropole com asco,
ouvindo-lhe os ruidos com engulhos...

O sonho era, em Guarulhos e em Osasco,
sem paes e sem irmãos, com os barulhos
da noite, com abysmo e com penhasco...

109. O CAUTO CAUSO DO
CASO CONJUGADO (V) [4343]

A puta não entende, nem precisa.
Me basta que ella escute, que ouça attenta.
De facto, não é sempre que alguem tenta
fallar sem responder a uma pesquisa.

Contando coisas intimas, à guisa
de pappo casual, fallo, com lenta
clareza, de um café que se requenta,
um leite derramado, um pé que pisa...

Pouquissimo me importa si alguem pensa
que eu seja meio doido, um psychopatha,
ou acha que a amizade é muito intensa...

Mulher, eu como, e prompto! O amigo tracta
a gente sem reservas, tem licença
de dar-nos o quinau, fallar na latta...

110. O CAUTO CAUSO DO
CASO CONJUGADO (VI) [4344]

Raymundo não se cansa de Vannessa,
mas sente-se inhibido deante della.
Vannessa, por seu lado, que é cadella,
tem muitos outros machos na cabeça.

A serios compromissos sendo avessa,
encontros com Raymundo ella cancella
e uns planos, que elle tinha, ella protela.
Bobão! Que é que elle espera que aconteça?

Terminam... e, por terem terminado,
tambem commigo a vacca não quer nada
manter: vae se afastando do meu lado.

Com Candido ella rompe e, agora, cada
vez menos sensual, vê recusado
seu proximo papel numa chanchada.

111. O CAUTO CAUSO DO
MODISMO NO ABYSMO (I) [4345]

As modas passam rapido! Ninguem
mais pede, de repente, a locação
dum lugubre e macabro casarão.
Raymundo as encommendas ja não tem.

Turisticos roteiros pelo Alem
perderam toda a graça. A moda, então,
em vez da velha e tetrica mansão,
no bairro é passear, de carro ou trem.

Na duvida está Candido si faz
terror, pornochanchada ou faroeste:
tambem do prejuizo corre atraz.

Raymundo desespera-se: "Me deste
ajuda, amigo, e agora o azar nos traz
de volta as velhas dividas! Que peste!"

112. O CAUTO CAUSO DO
MODISMO NO ABYSMO (II) [4346]

"Uivante Vento" é pagina virada,
assim como "Formaggica". Raymundo
em dividas mergulha e eu só redundo
si insisto que taes firmas dão em nada.

Depois de cara e grossa papellada
na phase burocratica, este mundo
está de novo livre, num segundo
ou seculo, da ephemera empreitada.

Ficamos mattutando: que será
que o povo necessita e que ninguem
ainda fez por elle? Quem dirá?

Raymundo me questiona: "Tu tambem
podias trabalhar! Grana não dá
em arvores, não chove em nós, do Alem!"

113. O CAUTO CAUSO DOS
DOTES NATURAES (I) [4347]

Raymundo pés enormes, bem maiores
que os oculos, tem, para a sua altura.
O cego me alertara, esse que atura
na cara uns geralmente dos menores.

Si o chamo de Pezão, me diz: "Que implores
debaixo delle!" O tennis não lhe dura
um anno: largo e chato, o pé perfura
a poncta, estoura o couro dos melhores.

No parque, si elle andar commigo, até
os passaros reparam: "Bem te vi!"
Os patos levam susto: "Ué! Ué! Ué!"

Idéa me occorreu. Candido, aqui,
podia encaminhar: usar seu pé
fazendo propaganda! Elle sorri.

114. O CAUTO CAUSO DOS DOTES NATURAES (II) [4348]

Commigo até concorda: "O pé daria
p'ra bons commerciaes de tennis..." Mais,
eu digo: renderá commerciaes
de talco p'ra chulé! Resolveria!

Raymundo, com desdem, "Que porcaria!"
responde, mas acaba achando taes
idéas geniaes, profissionaes,
bem practicas, si a grana se annuncia.

Assim, a tevê mostra quando alguem,
calçando um tennis novo, attenção chama
das moças que, por griffe, tesão teem...

Num outro desses filmes, quem reclama
do cheiro allude às moças e tambem
vendeu: desodorante é p'ra quem ama!

115. O CAUTO CAUSO DO
GOLPE SEM SORTE (I) [4349]

De: pyra arroba marte poncto com...
Para: glaucomattoso arroba sol...
Com copia para: boccadeurinol
arroba lua... Assumpto: um chulé bom...

Oi, cego! Estive ahi! Te lembras? Com
aquelle amigo craque em futebol
na tua cara. Quero, sem pharol
fazer, que tu me lambas. Tens o dom...

Ainda estou lembrado: aquella vez
ri muito quando o Craque te mijou
na bocca. Foi legal para nós trez.

Agora meu chulé melhor ficou.
Podias tu lambel-o e, todo mez,
pagar-me a conta, ja que gay não sou...

116. O CAUTO CAUSO DO
GOLPE SEM SORTE (II) [4350]

De: boccadeurinol arroba lua
poncto com... Para: pyra arroba marte...
Assumpto: seu chulé, meu dom, ou arte...
(resposta, esta mensagem, para a sua)

Carissimo Raymundo! Me insinua
você que lamberei seu pé. Si parte
do "Craque" a suggestão, de minha parte
concordo, e aberta a porta continua...

Sem duvida! Seu pé jamais esqueço!
Aquella sola chata, aquelle dedo
segundo mais comprido... Ah, si eu mereço!

Adoro esse dedão mais curto! O medo
e o nojo não me tolhem! Mas o preço
que está cobrando é muito... Não concedo.

117. O CAUTO CAUSO DO GOLPE SEM SORTE (III) [4351]

"Não posso acreditar! Tentei de tudo!
Até mandei mensagem ao teu cego,
propondo que fizesse no meu ego
massagem com a lingua... Então me illudo?"

"O cego não é puto? Um pé thalludo
não é o bastante? Até propuz: lhe entrego
a rola à bocca suja e me encarrego
de nella gozar! Nada quiz, comtudo!"

Aquelle masochista anda cabreiro,
temendo algum sequestro, algum assalto,
alem de estar mais curto de dinheiro.

Entendo que recuse: assim por alto,
calculo que elle esteja, o chupa-cheiro,
por volta dos sessenta, e ao poncto eu falto.

118. O CAUTO CAUSO DO GOLPE SEM SORTE (IV) [4352]

E, como do ceguinho não vem nada,
Raymundo quer tentar a profissão
de adextrador de cães, pois com um cão
ainda tem moral, si afaga e agrada.

Suggiro, por meu turno, que a empreitada
me caiba, desta feita: occasião
verei para provar que tenho mão
perita e que um serviço não me enfada.

Pesquiso no jornal, classificados
folheio, vou à lucta, mas agora
estão bastante escassos nestes lados.

Mas claro! Si a memoria não peora,
me lembro de quem possa ouvir meus brados
afflictos de soccorro! Em boa hora!

119. O CAUTO CAUSO DA
CACHORRADA (I) [4353]

Daquelles que deixaram o partido,
Ulysses Vaz de Lyra sahiu puto
da vida com Oscar Pires: escuto
fallar que elle chegou a ser detido.

"Politica, jamais!" Desilludido,
abriu elle um canil, menos fajuto
que um "antro de larappios", que um "reducto
de rattos", no dizer desse fodido.

Funcciona alli a "Lojinha do Basset",
na qual me deu Ulysses um emprego
de "mestre adextrador", veja você!

Na practica, a ganhar muito eu nem chego,
nem é minha funcção treinar bebê
salsicha, mas aos donos dar sossego.

120. O CAUTO CAUSO DA CACHORRADA (II) [4354]

Terei que passear com cada cão
ou mesmo, reunindo uma turminha,
que andar com elles todos, pois a minha
funcção é o mais difficil ganhapão!

Aquelles salsichudos lindos são
teimosos e rebeldes! Que na linha
consiga eu os botar não se adivinha,
pois andam em errada direcção!

Prometto-lhes biscoitos, beijos, faço
de tudo! Me obedeçam, por favor!
Não fujam, pois me mactam de cansaço!

Pattinhas tortas trotam, e ao dispor
de todas me colloco, sem espaço
nem para me affirmar como instructor!

121. O CAUTO CAUSO DA CACHORRADA (III) [4355]

Si está o cãozinho ainda de sahida,
vae rapido, ansioso: quer passeio!
Ja quando a caminhada está no meio,
rallenta o passo, finge que duvida...

Mostrando-se indeciso, elle então lida
comnosco como escravos: eu odeio
servir-lhe só de escolta! E o basset cheio
de luxos, demorando... Se decida!

Num poste elle não mija por achal-o
mais feio do que o proximo! Ai, meu sacco!
No proximo, elle estica esse intervallo!

Na volta, ja não trota, até lhe taco
na bunda uma palmada e elle, algum rallo
cheirando, anda bem lento, esse velhaco!

122. O CAUTO CAUSO DA CACHORRADA (IV) [4356]

Si algum mais insolente me mordeu,
eu perco a paciencia e ja revido,
negando-lhe o biscoito. Assim decido
punil-o. Mas eu posso? Quem sou eu?

A dona, ao saber disso, faz ao meu
patrão severa queixa: "Esse bandido!
Mulato sem vergonha! Meu querido
basset passando fome! Philisteu!"

A coisa se repete e acabo sendo
forçado a demittir-me... Que fazer?
Mas... nada a lamentar! Não me arrependo!

Parece que o dinheiro dá poder
demais aos donos... Ora, eu não me vendo
por preço tão servil! Vão se foder!

123. O CAUTO CAUSO DO PREÇO VIL (I) [4357]

Ninguem pode dizer que deste pão
jamais irá comer, ou que da suja
aguinha não bebeu! Da dicta cuja
bebeu ja, por signal, o proprio Cão!

Comer o que o Diabo amassou não
seria um problemão, si quem babuja
de lingua em minha bota sobrepuja
seu gozo com meu ganho e é bom patrão...

Em summa, ser michê não é problema,
comtanto que o cliente bom burguez
se mostre e que gastar demais não tema...

Mas, quando me apparece só freguez
sovina e pobretão, vejo um dilemma
bem critico na frente, ao fim do mez...

124. O CAUTO CAUSO DO PREÇO VIL (II) [4358]

Foi outro que sahiu do Pepepê
o Zephyro Ramires, a fallar
tambem que ficou puto com Oscar
Raposo Pires: haja dossiê!

Depois que na "Lojinha do Basset"
deixei de trabalhar, achei logar
vagando de garçon e fui, no bar
aberto por Ramires, ser michê...

Quem acha isso exquisito, entenderá...
Freguezes me assediam, e consente
Ramires nisso: algum valor lhe dá...

Eu saio com o lubrico cliente,
lhe como o cu, lhe cobro a conta, e está
feliz do bar o dono intelligente.

125. O CAUTO CAUSO DO
PREÇO VIL (III) [4359]

Raymundo, de repente, fica extranho...
Parece que este nosso apartamento
seria penhorado... Ainda eu tento
saber o que se passa, mas me acanho.

Então, que adeantou si a vida eu ganho
comendo o cu das bichas e um sustento
Raymundo não garante? Agora o vento
nos leva a casa? Está de bom tamanho!

Raymundo nada explica. Apenas diz
que em tudo lhe falhou seu advogado,
aquelle salafrario... Está infeliz.

Não manjo de penhoras. Ao meu lado
não tenho mais ninguem que nos civis
direitos me soccorra... Estou roubado!

126. O CAUTO CAUSO DO PREÇO VIL (IV) [4360]

Recorro a quem me resta: só Ramires.
Indica-nos, em plena Crackolandia,
um quarto de cortiço. Caso eu mande à
parida a offerta delle, peço ao Pires?

O Candido sumiu. "E não te admires
si o vires pobre e um outro ja commande a
antiga productora! Ja se expande a
industria do cinema, em mãos de emires!"

Raymundo, agora apathico, se porta
de modo tão passivo! Tudo acceita!
Qualquer esmola vale! E se conforta...

Vendemos a mobilia. A gente deita,
agora, num beliche. À nossa porta
não batte o cobrador, nem a Receita...

127. O CAUTO CAUSO DA
CARA CARA (I) [4361]

Raymundo fica em casa, sem vontade
siquer duma voltinha ao quarteirão.
Eu saio e fico olhando algum ladrão
agir, algum drogado, que se evade.

Charteiras battem elles, à vontade,
dos tontos transeuntes. Elles vão
tomar conta de tudo, aqui! Não são
amigos, mas me poupam: sou confrade.

Escuto alguem chamando... Escuto mal?
"Oi, Craque!" Mas não vejo quem me chama.
Attento estou às photos do jornal...

De novo: "Oi, Craque!" A voz é duma dama,
tão doce, tão suave e sensual,
que tiro o meu olhar do olhar do Obama.

128. O CAUTO CAUSO DA
CARA CARA (II) [4362]

Vagando na calçada da avenida
Vieira de Carvalho, dou de cara
com ella, com Vannessa! Onde é que andara
a puta? Está tão feia, tão fodida!

Vannessa me sorri: "Não é que a vida
nos une novamente?" A velha tara
deixou saudade... Pena que está cara
a conta dum motel... Quem me convida?

Meu nome ninguem sabe: só de Craque
me chamam, pois pareço um jogador
de bola. Mas a pinta é só de araque.

Meu dente separado faz suppor
que eu seja algum Ronaldo, mas quem saque
do assumpto entenderá: só tenho a cor...

129. O CAUTO CAUSO DA
CARA CARA (III) [4363]

Morando aqui na zona? Até adivinho
onde é que você dorme, onde trabalha!
Supponho, si a memoria não me falha,
que seja alli, nos fundos do inferninho.

"Como é que você sabe?", ella beicinho
faz, jeito de offendida. Ora, a gentalha
daqui ja me informou! Uma navalha
no bolso me mostrou o seu vizinho...

Vannessa está sem graça. Se refaz,
porem, bem depressinha: "Sei tambem
onde é que você mora, meu rapaz!"

Estou subindo ao quarto. Você vem
commigo, né? Raymundo tambem traz
alguma puta aqui, no nosso harem...

130. O CAUTO CAUSO DA CARA CARA (IV) [4364]

Raymundo indifferença mostra, agora,
a tudo que à Vannessa se refira.
Tambem eu mostro, caso elle prefira
veados, travestis... ou si elle chora.

Fallei-lhe disso. Disse: Eu estou fora!
Você que sabe! A gente aqui se vira
do jeito que quizer. Vannessa admira
meu pappo liberal, mas me assessora:

"Ai, Craque, cê precisa vir commigo
à bocca que eu frequento! La tem gente
que arranja algo rentavel, tem amigo!"

La vamos. De alguns manos, frente a frente,
capaz sou de jurar que até consigo
saber qual é seu vulgo e o nome quente.

131. O CAUTO CAUSO DA
PATOTA PATETA (I) [4365]

Um delles é o Bolacha, outro o Rosquinha.
Tambem tem o Biscoito e o Picolé.
Que raio de buraco isto aqui é?
Parece uma padoca! Que gracinha!

Quebrou-se, assim, o gelo. Tenho a minha
presença garantida. Conto até
do cego, até da Monika, da fé
satanica, poetica, escarninha...

Lhes fallo, então, do Piva, até do Abbade
e deste, ainda vivo, o que interessa
aos manos são seus dollares, a edade...

Pretendem sequestral-o, investem nessa
jogada. Quando a casa delle invade
a gangue, eu estou juncto, doido à beça.

132. O CAUTO CAUSO DA
PATOTA PATETA (II) [4366]

Passei a consumir maconha e pó,
alem do que se bebe ou que se injecta.
Agora a minha merda está completa,
dependo dos amigos si estou só.

Raymundo nem parece sentir dó
da minha situação. Vive na abjecta
rotina do azarado, só vegeta,
nem liga si frequento outro mocó.

Na casa de Adherbal, aquelle bardo
que tem o sobrenome de Araujo
e epitheto de Abbade, eu durmo e aguardo.

Biscoito é o carcereiro. Eu nem me sujo,
pensei, si addormecer. Caso o bastardo
expire, nem mactei o dicto cujo.

133. O CAUTO CAUSO DA
PATOTA PATETA (III) [4367]

O Abbade muito fraco está, nem pode
soffrer forte emoção. Do coração
padece e, emquanto os manos sacar vão
dinheiro nalgum caixa, o Bisca o fode.

Um corpo nu, empalado, quem acode?
Alguem soccorre um velho septentão
pellado e amordaçado? E si um bastão
no cu lhe entrar, ha alguem que se incommode?

O velho ficou pallido. Está morto.
Achamos toda a grana que escondia
em casa e desfructamos do conforto.

Dormi na sua cama, na bacia
mijei, de porcellana, no seu torto
nariz metti a botina... Uau, que orgia!

134. O CAUTO CAUSO DA PATOTA PATETA (IV) [4368]

Refeito agora estou. Nem acredito
que estive desse crime em plena scena!
Em breve a imprensa hypocrita condemna
o estylo em que viveu esse "maldicto".

Cercado de meninos, foi convicto
discipulo do Piva em alma hellena.
Sei la si tinha ponte de saphena
ou era transplantado! O facto evito.

Detido foi alguem! Que sahir tenho
daqui, sinão Raymundo tambem dansa!
A trouxa arrumo. Em matto, até, me embrenho!

Vannessa me accompanha, mas poupança
não temos, ja gastei... Estou rouquenho,
tossindo, e o rhoncho eguala-me ao da pança.

135. O CAUTO CAUSO DA
PATOTA PATETA (V) [4369]

De novo, o pesadelo! Desta feita
eu sonho com o Abbade: elle incrimina
a gente com os olhos! Sua sina
está traçada, e a tudo se sujeita...

Bolacha é o mais cruel: elle aproveita
a sunga em que mijou e enche de urina
a bocca amordaçada do sovina
poeta! A gente, rindo, se deleita!

A bola de cueca, que lhe encharca
a lingua, um grito abafa, quando o grosso
bastão, que o penetrou, seu recto abarca!

O Abbade, estertorando, me olha: "Moço,
não faça isso commigo!" Dum monarcha
é o sceptro que se enterra em fundo fosso!

136. O CAUTO CAUSO DA
PATOTA PATETA (VI) [4370]

O rei da fescennina trova está
morrendo com seu sceptro pelo cu
mettido! Eu me apavoro! Em urubu
transforma-se e me attacca! À merda va!

Me bica, arranca um naco, o carcará
maldicto! E bem na rola, que estou nu
perante o rapinante! Meu tabu
attinge elle sem dó, bicadas dá!

Accordo, e está Vannessa a me chupar
a rola, de proposito! E ella morde
meu flaccido prepucio! Vou gritar!

Vannessa conseguiu: quer que eu accorde,
que coma alguma coisa... O maxillar
da puta não fará com que eu engorde!

137. O CAUTO CAUSO DO SORTILEGIO AO SACRILEGIO (I) [4371]

Emquanto, definhando, eu emmagreço,
Raymundo percebeu a minha falta.
Tambem elle sonhou, suando, em alta
e quente madrugada, que eu padeço.

Agora a solidão pesado preço
lhe cobra: me procura, chama, salta
da cama, sae à rua, encontra a malta
dos manos... Mas cadê meu endereço?

Está desconsolado, o meu amigo,
sem rumo, sem noticias, à deriva.
Agora, quem ao lado tem comsigo?

As putas? Os travecos? Quem se esquiva,
cruzando na calçada, é quem abrigo,
na vespera, lhe dera: qualquer diva!

138. O CAUTO CAUSO DO
SORTILEGIO AO SACRILEGIO (II) [4372]

Raymundo, então, pergunta pela actriz
pornô, pela Vannessa de Gomorrha.
Será que, caso oraculos percorra
na astral Bocca do Lixo, alguem lhe diz?

Até que não será tão infeliz
na busca, pois, em meio àquella zorra,
encontra alguem que falla, antes que morra,
das basicas noções a um apprendiz.

Se tracta do famoso Xenophonte
Martins, o renomado chiromante,
a quem pede Raymundo que lhe conte:

"Tu sabes, tem o Craque aquella amante,
talvez ella me ajude! Tua fonte
está na minha palma, e nos garante!"

139. O CAUTO CAUSO DO
SORTILEGIO AO SACRILEGIO (III) [4373]

O experto Xenophonte a mão lhe lê
com cara preoccupada: "Olhe isso aqui!
Que coisa interessante! Nunca vi
tão claras linhas, digo isso a você!"

"Aquelle seu amigo está... Cadê?
Aqui! Percebo agora!" Elle sorri,
mas logo fica serio: "Percebi
que está muito doente, você vê..."

Raymundo quer saber: "Mas onde está?
Vannessa está com elle? Esse xodó
que o Craque tem por ella, inda terá?"

Explica-se o vidente: "Não sei! Só
lhe posso accrescentar que ja não ha
sahida para os dois! Zeus tenha dó!"

140. O CAUTO CAUSO DO
SORTILEGIO AO SACRILEGIO (IV) [4374]

Ouvindo a referencia a Zeus, Raymundo
se lembra de rezar, pois tempo faz
que à egreja não tem ido. Que rapaz
tão sceptico e tão crente, o vagabundo!

E vae, feito andarilho do submundo,
perfeito peregrino que, sem paz,
vagueia, à cathedral da Sé, das más
lembranças se purgar, pois se acha immundo.

Da gothica fachada elle está deante,
olhando para cyma. As torres são
tão altas a quem olhos lhes levante!

Si alguem dalli pullar, terá perdão?
Raymundo até tonteia. Quem garante
que alguem ja não pullou, mesmo um christão?

141. O CAUTO CAUSO DO
SORTILEGIO AO SACRILEGIO (V) [4375]

Raymundo a escadaria sobe, a nave
adentra. Olha os vitraes de variada
cor, tão kaleidoscopicos! Mais nada
lhe occupa a mente: pensa, sem entrave.

Escuta aquella musica suave
dum orgam, ouve o sino, a badalada
das horas. Ajoelha-se. Está cada
vez menos infeliz e menos grave.

"Senhor! Si alguma coisa pedir posso,
fazei que o Craque viva, que regresse!
Que mundo tão ephemero, este nosso!"

"A vida é curta! Si esta minha prece
tem força, Pae, fazei que elle do vosso
perdão mereça a chance e seu mal cesse!"

142. O CAUTO CAUSO DO
SORTILEGIO AO SACRILEGIO (VI) [4376]

Sei como esse rapaz levar se deixa
por certos ambientes. A imponente
e archaica architectura, a alguem que sente
saudade, causa effeito e instiga a queixa.

Raymundo, que, na practica, desleixa
de tudo, só se lembra de ser crente
nas horas de afflicção. É toda gente
assim, immediatista, e elle se enfeixa.

Si meu amigo é como todo mundo,
tambem eu sou, não fujo à regra. Só
destacco um pormenor, no qual redundo:

Nem todos são poetas. Tem mais dó
dos outros, de si mesmo, de Raymundo,
o bardo, cujo choro afrouxa o nó...

143. O CAUTO CAUSO DA
ZICA NA DICA (I) [4377]

Depondo na policia agora está
Raymundo. Zomba delle o delegado:
"Não venha co'esse pappo pro meu lado!
Sei como vocês todos moram la!"

"Ninguem pode allegar que não foi ja,
ao menos, testemunha!" Complicado
é o caso, mas Raymundo nem fichado
será. Tem réu, tem cumplice alvará?

Raymundo nem responde, nem precisa
dum alibi, mas sente-se perdido,
temendo que em tufão se torne a brisa.

Cyclones e tornados tem vivido,
mas, desta vez, a sorte foi mais lisa
com elle, que, affinal, nem é bandido.

144. O CAUTO CAUSO DA
ZICA NA DICA (II) [4378]

Raymundo encontra Candido na rua,
bebendo num boteco. Na calçada
passando, escuta aquella voz pausada
chamando por seu nome. Está de lua:

"Rapaz, beba commigo! Continua
no ramo immobiliario? Não faz nada?
Não faço mais cinema! Que roubada
filmar só bacchanal, só mulher nua...!"

Raymundo, biritando, lhe accompanha
os gestos mudamente. Gesticula
o Candido ao fallar, tem essa manha.

"Que estás fazendo agora? Que estimula
teu gosto? Opportunismo? Ah, com campanha
politica trabalhas? Coisa chula!"

145. O CAUTO CAUSO DA ZICA NA DICA (III) [4379]

Mas Candido offerece-lhe um serviço
apenas temporario: "Não se offenda!
Por mais que suja seja a nossa renda,
politicos bem pagam! Pense nisso!"

Do affan publicitario o compromisso
exige voluntarios: quem se venda
por pouco, foi otario, e quem a venda
nos olhos ponha, engole até chouriço!

O jeito é relaxar, porque corrupto
Raymundo foi tambem, alguma vez.
Mas, quando avista o Pires, fica puto.

"Então (pergunta ao Candido) o freguez
é elle? E tu confias? Não escuto
ninguem que o recommende! Então não vês?"

146. O CAUTO CAUSO DA
ZICA NA DICA (IV) [4380]

Mas eis que as eleições ja tomam conta
da midia e mobilizam a attenção
geral. Raymundo agora é só peão
do Candido e do Pires: puta affronta!

Lhe resta engolir sapos, e lhe monta
em cyma quem lhe paga leite ou pão.
"Maldictos! (diz comsigo) Todos são
uns crapulas!" De inveja sente a poncta.

Pamphletos distribue, espalha um monte
de faixas e chartazes, faz sujeira
nas ruas, nem me peçam que eu lhes conte!

Depois de polluir e dar canseira
ao pobre do lixeiro, no horizonte
só vê da inversão thermica a poeira...

147. O CAUTO CAUSO DA
   URUCA NA CUCA (I) [4381]

Eleito o Pepepê, qual perspectiva
teria a prefeitura? "Ainda bem
(comsigo diz Raymundo) que ninguem
tem como candidato o Paulo Oliva!"

"Pragmatico, o partido lhe incentiva
a sordida campanha: dahi vem
mais verba, mais caixinha, o nhenhenhem
de sempre, e o Pires nada em grana viva!"

Aberta a apuração, assim que fica
patente que o partido nem siquer
terá segundo turno, volta a zica.

Raymundo nem recebe, então, qualquer
salario: ja lhe devem nota rica
demais para os padrões do seu mester...

148. O CAUTO CAUSO DA URUCA NA CUCA (II) [4382]

Comer na Pepperonyx é a pedida
da moda! Se concentra a juventude
na loja que, nos shoppings, vende o grude
de massa ou carne, um prato que convida!

Tem Candido Verissimo uma vida
eclectica! A tendencia é que elle mude
bem rapido de officio e de attitude:
agora elle annuncia tal comida.

Raymundo, então, consegue emprego alli,
no caixa duma dessas lanchonettes.
Dizer não quer que a sorte lhe sorri...

Comsigo diz: "Em cada tu te mettes,
otario! Que dirão, trouxa, de ti?
Esperas que em azares te completes?"

149. O CAUTO CAUSO DA
URUCA NA CUCA (III) [4383]

Ridiculo papel Raymundo faz,
vestido de palhaço, alli parado
na entrada da franquia, bem ao lado
do caixa. Mas Raymundo é pertinaz...

Não deu certo no caixa: outro rapaz
ficou no seu logar. "Elle é gozado!",
commenta um molequinho. "Elle é um boccado
pathetico...", commenta alguem sagaz.

Depois Raymundo passa a faxineiro,
lavar privadas, pisos, tirar lixo
dos cestos, inclusive os do banheiro...

Que mais, emfim, lhe falta? Não é bicho
treinado para até supportar cheiro
de merda de creança... Emprego micho!

**150. O CAUTO CAUSO DA
    URUCA NA CUCA (IV) [4384]**

Voltando às ruas, anda elle sem rumo,
seguindo a multidão que, na calçada,
transita. Mas, debaixo duma escada,
ninguem passa: desviam, eu presumo...

Raymundo, não: levou, ja, tanto fumo,
que nem se importa mais! Alguem lhe brada
"Cuidado!", mas a latta derrubada
de tincta não lhe acerta e cae a prumo!

Parece que Raymundo até procura
soffrer algum desastre ou accidente:
seu fado desafia, e enfrenta, à altura...

Parece que permitte, que consente
que alguma coisa cumpra a gettatura
e em cyma lhe desabe o tecto, urgente!

151. O CAUTO CAUSO DA
   URUCA NA CUCA (V) [4385]

Até mesmo o cachorro viralatta
que vaga pelos beccos, à procura
de lixo comestivel, insegura
achou-lhe a companhia! Coisa chata!

Raymundo lhe assobia, pega a patta,
afaga a cabecinha, diz "Fofura,
vem ca, vem! Vem commigo!", e o cão murmura
"Não quero, não!", despista e desacata.

Mas logo elle um faminto acha que o siga,
que fique seu amigo, pois não tem
ninguem que lhe offereça a mão amiga.

Na patta do cachorro, que está bem
sujinha e machucada, elle, sem briga,
consegue pegar: "Vem commigo, vem!"

152. O CAUTO CAUSO DA
URUCA NA CUCA (VI) [4386]

Ainda está morando no cortiço,
mas passa quasi todo o tempo fora,
vagando pelas ruas. E elle adora
o Chocho, seu cachorro, que é mestiço.

Lhe lembra o seu Chichorro e de Chouriço
Raymundo quiz chamal-o, mas agora
ja chama só de Chocho. A rua Aurora
é sua passarela, e gosta disso.

As putas, que alli fazem viração,
provocam-no: "Ei, pintudo! Caralhudo!"
Focinho lhes virando, segue o cão.

Raymundo, achando graça, leva tudo
aquillo na esportiva e faz, então,
com ellas amizade. Eu não me illudo.

153. O CAUTO CAUSO DA
   URUCA NA CUCA (VII) [4387]

Nenhuma dellas quer saber de nada.
Só querem achar, logo, algum freguez.
Limitam-se ao dialogo cortez,
emquanto dura a breve caminhada.

Raymundo diz: "Prefiro a cachorrada
explicita do Chocho, que me fez
chorar, ficar com raiva, à que talvez
me faça uma cadella disfarsada..."

Estão, ellas, na dellas, battalhando.
Raymundo está na sua: bronha batte,
em vez de levar ordens de commando.

À noite, dorme o Chocho, e ja nem latte,
no quarto. Latte só de vez em quando,
ouvindo alguma gatta no combatte.

154. O CAUTO CAUSO DA
URUCA NA CUCA (VIII) [4388]

Andando, certa noite, na calçada
com Chocho, vê Raymundo que o cachorro
brigar quer contra um outro: "Eu jamais corro
da raia!", é sua phrase, interpretada.

Si o cão fallou, quem pouco entende, ou nada,
é o dono, que o segura, dando esporro.
Mas Chocho desvencilha-se: que um jorro
de sangue logo jorre, cabe a cada.

Brigando, os cães se atiram para fora
do estreito e dyssymmetrico passeio.
Um carro passa, rapido, na hora.

Quem morre atropelado, bem no meio
do asphalto, é Chocho. Excappa o tal. Quem chora,
é o pobre do Raymundo: "Faltou freio..."

155. O CAUTO CAUSO DA URUCA NA CUCA (IX) [4389]

A chuva tudo alaga! Preso fica
Raymundo no seu quarto. Elle procura,
então, pela "Kabbala", essa segura
e farta encyclopedia. Coisa rica!

São formulas numericas, que a zica
afastam, ou minoram... "Ora, pura
crendice! (diz Raymundo) Porventura
alguma força magica dá dica?"

Na duvida, consulta-lhe, ao acaso,
a pagina que ao anno se equipara
e encontra, para a vida, curto prazo.

"Bobagem! Não fallei? Está na cara!
É logico que a gente morre! E eu, caso?
Eu perco o amigo, ou não? Quem nos ampara?"

156. O CAUTO CAUSO DA
URUCA NA CUCA (X) [4390]

Em todo caso, espanta-se o rapaz
que tenha aberto o Livro à folha exacta
sem tel-o folheado e que na latta
o Livro lhe dissesse o que é fugaz.

Nem todos esses calculos dão más
noticias: alguns mostram-nos que empata
a sorte com o azar, ou que se tracta
da nossa decisão, ou tanto faz...

Raymundo outras consultas faz à obra,
mas ella só responde uma de cada.
As proximas terão tempo de sobra.

"Astral superstição! Si essa encantada
selecta é mathematica, quem cobra
sou eu meus resultados! Falta a fada!"

157. O CAUTO CAUSO DA
PAUSA CALCULADA (I) [4391]

Vannessa me preoccupa: ja começa
a dar signaes. Eu proprio ja emmagreço
faz tempo! Nossa vida cobra o preço
daquillo que fizemos, ora essa!

Miseria com luxuria dão, à beça,
motivo para azar. Foi meu começo
luxento e rico; agora dou tropeço
no lado miseravel, má promessa.

Decido, então, voltar ao centro urbano.
Quem sabe um tractamento aqui eu consigo...
Talvez ainda exista um ser humano...

Qual nada! Um hospital até commigo
foi digno, até ignorou si fui mundano
ou não, mas falta um medico e um amigo...

158. O CAUTO CAUSO DA
PAUSA CALCULADA (II) [4392]

Vannessa quiz voltar para a cidade
natal, Camanducaya, e nunca mais
a vejo. Quer morrer juncto dos paes.
Talvez ainda a acceitem, nessa edade...

Perdido no centrão, nem sei quem ha de
querer me dar abrigo. Mas jamais
pensei em procurar Raymundo. Taes
desejos eu não tenho, os da saudade...

Mentira deslavada! Não me aguento
e corro para o quarto do cortiço,
aonde sempre volto e ganho alento!

Raymundo me abre a porta. Seu mortiço
olhar, que se illumina, no momento
seguinte se amortece: estou magriço!

159. O CAUTO CAUSO DA
PAUSA CALCULADA (III) [4393]

"Ja foste, Craque, ao medico? Que disse
o cara? Tens certeza? Tu fizeste
exames? Confirmaram essa peste?
Não creio, Craque: é tudo uma tolice!"

Pondero que qualquer um que me visse
diria ja de cara que, sem teste,
se pode deduzir que me moleste
aquillo que virou, hoje, mesmice.

"Que queres que eu te faça? Si precisas
de mim, ajudarei no que puder.
Mas grana falta, as bolsas estão lisas..."

Pondero que serei, dê no que der,
eu grato ao meu amigo. Si pesquisas
valessem, ja nem vivo estou siquer!

160. O CAUTO CAUSO DA
PAUSA CALCULADA (IV) [4394]

Raymundo traz comida e, quando não,
eu saio, a descollar algum programma.
Si o cego me quizesse, em sua cama
talvez eu disfarsasse a compleição.

Mas elle nem attende à ligação.
Na certa se mudou e até reclama
si for espezinhado: sua fama
está por vir, justiça lhe farão.

De quando em vez, eu topo com alguem
que gosta só de bota. Nesse caso,
que a lamba bem lambida, e a grana vem...

Ainda calço aquella, por acaso...
Com sola de borracha, grossa e, alem
de tudo, poeirenta: não dephaso!

161. O CAUTO CAUSO DA
PAUSA CALCULADA (V) [4395]

Podolatras, porem, não são assim
tão faceis de encontrar. O mais commum
é mesmo a michetagem que quer um
veado: chupar rola e dar, emfim.

Mulheres raramente teem em mim
aquelle garanhão que seu jejum
de sexo irá supprir: o meu fartum
é forte, e mais, depois que p'ra ca vim.

As putas, por seu lado, querem grana
e, em vez de me pagarem o jantar,
contentam-se si provam-me a banana.

Alguem ja commentou que é bom gozar
na bocca, mais seguro, mas se enganna
quem acha que se livra, assim, do azar...

162. O CAUTO CAUSO DA
PAUSA CALCULADA (VI) [4396]

Raymundo descobriu sua maneira
de obter uns trocadinhos: na "Kabbala"
baseia-se, disposto a consultal-a
si alguem, por encommenda, saber queira.

Percebe que não acham ser besteira
o pappo de magia. Quando falla
o Livro, quasi sempre acerta a bala
na mosca e se confirma: fede e cheira.

Raymundo, então, propõe ao Xenophonte
pequena sociedade nesse ramo
das claras prophecias, feita a ponte.

Martins estuda o caso e, no que eu chamo
de "astral charlatanismo", adopta a fonte
e acceita o Livro, como o escravo ao amo.

163. O CAUTO CAUSO DA
PAUSA CALCULADA (VII) [4397]

Raymundo só descobre quando é tarde...
O astuto Xenophonte o está roubando!
Do Livro se appropria! Faz seu bando
de perfidos discipulos alarde...

À midia se apresenta, esse covarde
safado, como "auctor" do Livro e, quando
tem sido entrevistado, vae contando
passagens que decora, o que, a mim, arde...

Vontade tenho, emfim, de seu pescoço
torcer, pegar de volta o Livro, em mãos
do dono o devolver... Si tenho! Ah, moço!

Mais raiva sinto quando diz: "Irmãos!
Observem este Livro, velho e grosso!
Supera as Escripturas dos christãos!"

164. O CAUTO CAUSO DA
PAUSA CALCULADA (VIII) [4398]

Esqueça-se a "Kabbala"! O charlatão
quiz tanto vel-a à venda e popular,
que desmoralizada está! Fallar
do Livro, agora, rende gozação...

Raymundo até ironiza: "O cara é tão
careta, tão cafona, que ao azar
deu sopa! Tu verás, vae dar logar
seu amplo consultorio a um varejão!"

Virada, agora, a pagina, nós dois
voltamos, novamente, à estacca zero.
O estomago não deixa p'ra depois!

Si fossemos dedar... Mas eu nem quero
de todos os ladrões dar nome aos bois,
nem vale a pena, em summa, ser sincero...

165. O CAUTO CAUSO DA
PAUSA CALCULADA (IX) [4399]

Raymundo de outros Livros, com um "L"
maiusculo, foi dono. Agora estão
perdidos por ahi, sei la, na mão
de gente interesseira, sem quem zele...

Um delles o Lourenço Mutarelli
pegou, um quadrinhista que ficção
agora tem escripto, a quem ja dão
a fama que merece e que repelle...

Lourenço bom proveito do volume
tem feito: personagens elle cria
tirados dalli, pondo tudo a lume...

Raymundo, que o vendeu por ninharia,
nem pensa mais no Livro, nem ciume
terá, pois no Lourenço elle confia!

166. O CAUTO CAUSO DA
PAUSA CALCULADA (X) [4400]

Chegamos, pois, ao poncto em que não resta
mais nada a se fazer: só resta a espera...
Nem sei si terminou, ainda, nesta
sequencia, a nossa historia... Quem nos dera!

Certeza é que o Demonio faz a festa,
abrindo, aos dois amigos, a cratera.
Ninguem vae me curar do que molesta
nem pode alguem ter sorte mais severa.

Não pensem, todavia, que eu encerro
o causo por aqui, levando ferro
em brasa no trazeiro, dum tridente!

Raymundo, por seu turno, não merece
que attenda o Creador à sua prece,
mas Elle a attenderá, pois ri da gente...

167. O CAUTO CAUSO DA ZIQUIZIRA QUE DELIRA (I) [4411]

Às margens não nasceu do São Francisco
Raymundo, mas do nosso Tietê,
e implora ao Bom Jesus que forças dê
a um homem pobre... É sempre o mesmo disco!

Eu, sceptico e descrente, não me arrisco
de novo a confiar no que você
confia, seu bobão! Então não vê
que temos um destino avesso e arisco?

Raymundo quer voltar a Pirapora,
pedir alguma ajuda a alguem da terra
natal, mas eu aviso que estou fora!

E fico por aqui, na lucta. A guerra
perdi, mas não me rendo, e esse caypora
se illude, indo e voltando: às tontas, erra.

168. O CAUTO CAUSO DA
ZIQUIZIRA QUE DELIRA (II) [4412]

Retorna até mais pobre do que estava
e encontra-me onde sempre estou agora:
na praça da Republica. Peora
seu panico, meu panico se aggrava.

Sahir não posso desta zica brava,
a menos que me acuda alguem que adora
lamber uma botina, mas outrora
mais facil era achar essa alma escrava.

Doente como estou, debilitado
e magro, qual burguez deseja a minha
botina poeirenta ter beijado?

Ninguem contracta um cara que definha
a cada dia, e lingua em meu solado
nenhuma dá siquer a lambidinha.

169. O CAUTO CAUSO DA ZIQUIZIRA QUE DELIRA (III) [4413]

Eu ando delirando! Então, de dia,
recuo à Paulicéa que, num anno
antigo, só sobrados tem no urbano
perimetro, e nem tem peripheria...

Mas vejo o Martinelli! Aquella esguia
babel de trinta andares é um insano
projecto e bem podia, até me ufano,
estar em Nova York... Ou não podia?

Eu subo até o telhado, que em mansarda
converte-se, tal como o casarão
que a nitida memoria ainda guarda...

Dalli de cyma, vejo, em direcção
a mim, um zeppelin! Quem se acovarda
não entra nelle! Eu entro... e venho ao chão!

170. O CAUTO CAUSO DA
ZIQUIZIRA QUE DELIRA (IV) [4414]

Não tinha o nosso velho casarão
mansarda versalhesca... Elle não tinha
telhado assim tão cheio de torrinha,
egual ao das mansões que restarão:

Da Dona Veridiana, do Haroldão
(a casa que é das rosas)... Da que vinha
chamada sendo, às vezes, de "casinha
do Almeida", ou "Guilherminha", tem feição...

Não lembro si, por dentro, o nosso estava
de modo semelhante dividido,
mas basta-me a fachada, a mente grava...

Tambem, no meu delirio, me decido,
trepado na mansarda, a vir à fava
e pelo zeppelin sou abduzido...

171. O CAUTO CAUSO DA
ZIQUIZIRA QUE DELIRA (V) [4415]

Eu de categoria não subi
a poncto de pedir um zeppelin
assim como quem, indo ao lanternim
dum predio, pede um taxi e sae daqui...

Tambem não me egualei tanto ao zumbi
que, aqui na Crackolandia, a ver eu vim
vagando, em bando... Entanto, estou assim
sentindo-me, franzino qual saguy...

Deliro, pois, nas horas em que o somno
me leva, e me transporto, em dirigivel,
ao topo do predião do qual sou dono...

Dalli, desse terraço em alto nivel,
chamado de "italiano", me abandono,
olhando um panorama indescriptivel...

172. O CAUTO CAUSO DA ZIQUIZIRA QUE DELIRA (VI) [4416]

Um typico delirio, com riqueza,
eu tenho, de detalhes: alagada
de todo pela chuva, vejo cada
das quadras dos Elyseos sem defesa...

As ruas são canaes, como em Veneza.
De barco nós andamos: a fachada
dos predios foi submersa até que invada
o liquido um segundo andar... Surpresa?

Parece até possivel, no meu sonho.
Si é tudo realidade, e si sou eu
daqui um novo prefeito, me envergonho...

Não passo, no delirio, dum plebeu,
humillimo municipe, e proponho
apenas umas gondolas... Valeu?

173. O CAUTO CAUSO DOS
ECHOS KOSMOPOLITAS (I) [4417]

Eu tenho um pesadelo delirante:
alli no Arouche, a nossa Academia,
depois do Piva, um cego, até, premia
e empossa os dois na cathedra de Dante...

De coche chega o Duque que, durante
a vida, foi discipulo do guia
francez, surrealista. Pela via
commum, de trem, o cego e accompanhante...

Preside a ceremonia o velho Abbade,
que a chance nunca perde para, em trova,
nos caricaturar algum confrade.

Roberto Piva volta, então, à cova
e o cego à sua cella: esta cidade
por elles, só, delira e se renova...

174. O CAUTO CAUSO DOS
ECHOS KOSMOPOLITAS (II) [4418]

Agora, meu delirio no museu
situa-se, não esse envidraçado,
com cara de caixote, mais do agrado
da mente modernosa dum plebeu...

Refiro-me ao local onde se deu
o grito do Ypiranga: estou ao lado
da cama em que a marqueza deu seu brado,
tambem, mas de tesão, si elle a fodeu...

Refiro-me a Dom Pedro, esse monarcha
que, às margens do tal corrego, proclama
um facto que sahiu caro a quem arca...

Me deito, em sonho, em sua fofa cama,
mais fofa, no delirio, que a que marca
as minhas costas, dura e de má fama...

175. O CAUTO CAUSO DOS
   ECHOS KOSMOPOLITAS (III) [4419]

No sonho, o Tietê, mais o Pinheiros,
canaes são na Veneza paulistana.
São como que avenidas, pois se flana
agora, aqui, de gondola, em cruzeiros...

Nos varios affluentes, sem os cheiros
de exgotto dos quaes ratto, só, se ufana,
circulam outros barcos pela urbana
cadeia fluvial dos brasileiros...

Recife ou Paraty, que tambem são
Venezas, não inspiram pesadelo
egual ao de quem mora no centrão...

Nem quero despertar, nem quero vel-o,
o rio Tietê, pois a visão
imita mais dum pantano o modelo...

176. O CAUTO CAUSO DOS
ECHOS KOSMOPOLITAS (IV) [4420]

Quem pode delirar, aqui, delira!
São Paulo dá motivo, e o viaducto
do Cha, que tão charmoso eu não reputo
quanto o Sancta Ephigenia, é motte à lyra.

Se falla que essa ponte nos inspira
comicios, passeatas, que é reducto
de noia e trombadinha, mas eu lucto
por algo de que é symbolo a quem pira...

Dalli ja se jogou o suicida,
em tantos episodios de fracasso,
de anonymos que excappam desta vida...

Eu vejo o viaducto assim, e faço
questão de não pullar dalli: convida
meu sonho outro local, outro terraço...

177. O CAUTO CAUSO DA URUCUBACA QUE ATTACCA (I) [4421]

A Camara, a serviço do prefeito
que acaba de assumir, approva a lei
chamada "hygienista", que, ja sei,
celeumas causará por seu effeito.

Mudar-me desta merda até que acceito!
Raymundo tambem, claro! Mas fiquei
sabendo que teremos, quando um rei
expulsa seus vassallos, um fim feio...

Seremos despejados desta zona,
que, apoz reconstruida, se destina
a novos occupantes, nova dona...

A dona é a constructora, a que a ladina
e experta prefeitura proporciona
vantagens e direitos... Nós? Magina!

178: O CAUTO CAUSO DA
URUCUBACA QUE ATTACCA (II) [4422]

São muitos quarteirões, formando immenso
xadrez num tabuleiro. Os predios são
antigos, decadentes e ja não
teem alta cotação, como é consenso.

Aqui só mora aquelle que, no censo,
figura como excluso e pobretão,
ou seja, nós, Raymundo, eu, os que estão
commigo e esmola pedem, que eu dispenso.

Pretende a prefeitura trocar nosso
sujissimo ambiente por um novo,
limpinho, sem escombro nem destroço.

Si fosse para um limpo dar ao povo
daqui... Mas eu morar aqui não posso?
Daqui ninguem me tira! Eu não me movo!

179. O CAUTO CAUSO DA
   URUCUBACA QUE ATTACCA (III) [4423]

Inutil resistencia, a do coitado
que, em cyma duma cama, ja definha!
Raymundo se revolta ao ver a minha
difficil condição, mas é meu fado...

Marcada a data, as tropas nem recado
nos dão para sahir, ou, como eu vinha
dizendo, um "ultimato". Depressinha
occupam tudo! À porta, está um soldado...

Retiram-nos à força! Nossa tralha
mal temos um tempinho de junctar!
Raymundo, aparvalhado, se atrapalha...

Nem tinhamos, concordo, um lindo lar,
mas, pelo menos, era o que nos calha!
Agora, aonde irão nos albergar?

180. O CAUTO CAUSO DA
URUCUBACA QUE ATTACCA (IV) [4424]

Nos levam para um grande camburão,
à frente estacionado. Formam fila
innumeros vizinhos: intranquilla
manhan! Mais camburões, depois, virão...

Me lembra aquillo a mesma operação
de guerra que os nazistas, numa villa
pacata, executavam para abril-a
às tropas invasoras... Que afflicção!

No tempo do nazismo, se saqueia
a casa do judeu, desappropria
o algoz a sua victima, na aldeia...

Aqui, nem tem valor, é micharia
a tralha que pilharem... Mas se odeia
identico invasor: é tyrannia!

181. O CAUTO CAUSO DA URUCUBACA QUE ATTACCA (V) [4425]

No albergue, nossas coisas formam pilha
num cantho, e a gente logo se accommoda.
Maneira de dizer: aquillo é foda!
Cachorro e gatto, puta com familia...

Fallando em gatto, ao ratto maravilha
ver tanta podridão à sua roda...
Com restos de comida nem se açoda
o bicho: para todos ha partilha!

Doentes só peoram em tal leito.
Alguns morrem mais cedo, agradecendo
por terem ido logo... Eu não acceito!

Raymundo tira os oculos: o horrendo
scenario, menos nitido, um effeito
mais leve lhe provoca... Está soffrendo...

182. O CAUTO CAUSO DA
URUCUBACA QUE ATTACCA (VI) [4426]

À noite, a choradeira das creanças
famintas nos impede de dormir.
Mas, mesmo no silencio, só fakir
consegue se deitar em tantas lanças...

São ponctas, são ponctadas, são as panças
vazias, são as dores de sentir
fraqueza, tremedeira, de pedir
soccorro em vão, perdendo as esperanças...

Levanto-me. Raymundo até cochila,
deixando-se vencer pelo cansaço.
A custo, chego à porta e tento abril-a...

Está trancada! Estamos presos! Faço
mais força, emfim consigo, e da intranquilla
prisão me livro... A noite é de mormaço...

183. O CAUTO CAUSO DA
URUCUBACA QUE ATTACCA (VII) [4427]

Raymundo, ao accordar, ja não me vê
por perto. Acha que estou, talvez, naquella
enorme fila para usar a bella
privada, onde é terrivel o buquê.

Mais tarde, me procura: "Olá! Cadê
aquelle rapaz pardo e magricela
que estava aqui commigo?" Em vão appella:
ninguem me viu. Veria alguem você?

Estou ainda longe do centrão.
Preciso de carona: este logar
parece nem no mappa ter menção!

Num omnibus consigo viajar
de graça. Bem melhor que o camburão
que tinha nos levado ao novo lar...

184. O CAUTO CAUSO DA
URUCUBACA QUE ATTACCA (VIII) [4428]

O centro da cidade está todinho
cercado e patrulhado. Creio até
que alguma auctoridade quer, a pé,
andar com segurança em seu caminho.

Talvez seja o prefeito que, adivinho,
está fiscalizando, desde a Sé
ao fim do Minhocão, si algum café
tem mesa na calçada ou pombo em ninho...

Nem penso em retornar, mesmo, ao cortiço.
Pretendo é percorrer pensada rota
que leva aonde acabo, emfim, com isso...

Bem gasta, agora, tenho a minha bota.
Em breve, ella será, feito o serviço,
objecto deschartavel que se exgotta...

185. O CAUTO CAUSO DA
URUCUBACA QUE ATTACCA (IX) [4429]

Na praça, em frente à petrea cathedral,
os guardas revistando estão, armados,
um grupo de pivetes. Para os lados
eu olho e, vindo, vejo um policial.

Melhor entrar na egreja. Menos mal
si fico ouvindo os sinos badalados
ou som tocado em orgam. Os soldados
nem pisam nesta crypta sepulchral.

Me sento, espero um pouco. Estou sem pressa.
Olhando para cyma, vejo o tecto
immenso, abobadado, altão à beça...

Da cupula, ou da torre que concreto
não leva, mas granito, me interessa
saber si alguem pullou, si cahiu recto...

186. O CAUTO CAUSO DA
   URUCUBACA QUE ATTACCA (X) [4430]

Ja posso, emfim, sahir. Noto que a praça
está menos lotada: o cidadão
commum se amedrontou, com camburão
p'ra todo lado, uivando quando passa...

Parece até que lembra, à immensa massa,
aquella data em março, esse montão
de guardas impedindo a multidão
de entrar na egreja e orar por uma graça...

Passando pelo Pateo do Collegio,
reparo que limparam o chartaz
politico, depois que o povo elege-o.

Agora, pouco importa. Tanto faz
si eleito ou nomeado: o privilegio
é o mesmo, com caixinha a Satanaz...

187. O CAUTO CAUSO DA ZIQUIZIRA QUE SE REVIRA (I) [4431]

Raymundo, emquanto eu fujo, me procura
por toda parte, até que se dê conta
da minha fuga. Achar vae que foi tonta
e tola a decisão, que foi loucura...

Mas pensa um pouco e diz: "Ninguem atura
ficar num logar destes!" E desmonta
seus trastes, faz a trouxa, o dedo aponcta
na cara do fiscal da prefeitura:

"Tu pensas que me impedes? Eu não fico
aqui nem mais um dia, ouviste bem?"
E parte, rumo incerto, eu nem indico...

Passou Tatuapé, passou Belem...
Está quasi o metrô chegando, em pico
horario, aonde casa ninguem tem...

188. O CAUTO CAUSO DA
   ZIQUIZIRA QUE SE REVIRA (II) [4432]

Raymundo passa a Sé, não desembarca.
Até Sancta Cecilia vae, achando
que ainda pela praça vê-se o bando
de noias e andarilhos, na fuzarca.

Enganna-se. O momento é de quem marca
seu proprio territorio: o alto commando
da força policial. Pensa: "Até quando?
Será que um dia acaba?" A chance é parca.

Raymundo, pela Angelica, decide
subir até a Paulista. Depois desce,
sem pressa, enveredando na Gomide...

Refaz o itinerario (e não se esquece)
do tempo em que a cidade se divide
em alto e baixo, em numeros e em prece...

189. O CAUTO CAUSO DA ZIQUIZIRA QUE SE REVIRA (III) [4433]

Passando pelo emporio de importados,
Raymundo se lembrou: quanto patê
comprou alli, francez! Quasi nem crê
que os preços tanto estão inflacionados!

Pensava que era "coisa de veados"
gostar de vinho fino, de quem lê
poemas em voz alta, dum buquê
de flores perfumadas, chas gelados...

Apprende alguem, emquanto corrector,
a dar certo valor à joia rara,
ao livro precioso, ao cheiro, à cor...

Depois que a posição degringolara,
taes coisas tinham sido, é de suppor,
deixadas para traz, tal como a tara...

190. O CAUTO CAUSO DA
ZIQUIZIRA QUE SE REVIRA (IV) [4434]

Fallando em tara, a loja, em cuja porta
Raymundo para agora, coisa chique
exhibe na vitrine: é, sim, butique
de sexo, sem censura à transa torta!

Dispõe-se a pensar: "Isso ninguem corta,
ainda bem..." Até que identifique
tão caros accessorios, ouve um clique
de machina, clicando... Nem se importa.

Percebe, então, que a photo que alguem batte
é delle. Quem a machina dispara
sorri, malicioso: é um joven vate.

"Se lembra de mim, cara? Sou eu, cara!
Alumno do Adherbal! Fui engraxate,
tambem, do seu amigo! É minha tara..."

191. O CAUTO CAUSO DA
ZIQUIZIRA QUE SE REVIRA (V) [4435]

Raymundo, indifferente, se recorda
do joven. Frequentou o casarão
no tempo dos saraus. Que occasião
impropria para dar-lhe alguma chorda!

"Por que me photographas? (elle aborda
o vate) Tens tambem algum tesão
por photos?" Diz o joven: "Photos, não!
Pezões! O seu é grande, não concorda?"

Raymundo continua indifferente.
Não fosse estar tão fraco e deprimido,
no joven pisaria, certamente.

"Pois é... Por que será?... Nem me decido
(comsigo pensa) a ver si elle consente
em grana me pagar por pé fedido..."

192. O CAUTO CAUSO DA
ZIQUIZIRA QUE SE REVIRA (VI) [4436]

Despede-se do joven importuno
e segue seu caminho, rumo incerto.
Nem sabe o que procura, si está perto
ou longe, só percebe estar jejuno...

Podia ter pedido (ou ser gattuno)
dinheiro para um lanche. "A descoberto"
só rico fica; pobre, em pappo aberto,
é "duro", é "liso": "Eu mesmo é que me puno..."

Prosegue caminhando. Mais adiante,
avista um basset hound que, na colleira,
passeia com seu dono petulante.

Dirige-se ao rapaz: "Ei, caso eu queira
mexer no teu cachorro, elle é bastante
mansinho?" E o cão nem mesmo a mão lhe cheira...

193. O CAUTO CAUSO DA
ZIQUIZIRA QUE SE REVIRA (VII) [4437]

Raymundo quer entrar na lanchonette,
pedir a algum freguez que, caridoso,
lhe pague um sanduiche bem gostoso,
de queijo ou de salame, na baguette...

De longe, fica olhando. A garçonette
repara em sua cara. Ri com gozo,
diverte-se: "Parece ou não com Bozo?",
indaga da collega. Alguem se mette:

"O cara fica ahi nos perturbando!
Enxotem-no daqui! Perco o appetite!
Exijo protecção, si estou pagando!"

Raymundo sae dalli. Nenhum convite
virá. Melhor, prevendo outro desmando
soffrer, ser o primeiro que algo evite...

194. O CAUTO CAUSO DA
ZIQUIZIRA QUE SE REVIRA (VIII) [4438]

Raymundo, emfim, consegue, noutro cantho,
que paguem seu café, com um sanduba
de quebra. A mão lhe treme. Si derruba
a chicara... Segura-se, entretanto.

Quem paga é um estudante negro, um banto
que acaba de voltar, esteve em Cuba:
sensivel se revela com quem suba
ou desça em sociedade, um typo e tanto...

Mas este, tambem, vira logo as costas
e deixa nosso amigo na calçada,
sozinho, sem lhe dar outras respostas.

Quem sabe, alli na esquina, peça a cada
passante algum trocado... "Não apostas
em ti?", comsigo falla, a dar topada...

195. O CAUTO CAUSO DA
ZIQUIZIRA QUE SE REVIRA (IX) [4439]

Raymundo, errando às tontas, atravessa
a typica alameda arborizada
num bairro dos Jardins. Não está nada
attento ao movimento, que não cessa.

Mas, de repente, um trafego, que impeça
alguem de atravessar, se acalma: a estrada
parece estar deserta! Agora, cada
passada elle a dará como quem meça...

Na negra limusine, que vem vindo
em sua direcção, está a madame,
pimpona no volante, em dia lindo...

Raymundo atropelado é quasi! Chame,
querendo, isso de "sorte"! Foi bemvindo,
no instante, o instincto: alguem não deu vexame!

196. O CAUTO CAUSO DA
ZIQUIZIRA QUE SE REVIRA (X) [4440]

Do carro, um homem pulla, ja aggressivo
e prompto a reagir. É o segurança
da dama, altão e magro. Quem a pança
exhibe e sae tambem, grita: "Está vivo!"

Raymundo a reconhece, mas, passivo,
nenhum sorriso esboça. Zuza dansa,
até, de tão contente. Ella balança
o corpo, a sorrir: "Ah, si não me esquivo!"

A Zuza está riquissima: hoje é dona
da rede Pepperonyx, a franquia
mais cara de São Paulo! Está grandona!

Gordissima, elegante, quem diria
que iria, na cozinha em que ambiciona
successo tanta gente, ser a Thia?

197. O CAUTO CAUSO DA
ZIQUIZIRA QUE EXPIRA (I) [4441]

Pois é: Zuza é chamada, nessa sua
novíssima versão, de Thia Zanna,
a "chefa" duma rede que se irmana
àquella do palhaço e a continua.

Produz os seus hamburgueres e actua
no ramo dos "refris". Mas quem se damna,
no asphalto sujo, é o pobre doidivana,
que nem se levantou, que offega e sua.

Ordena Zuza então que o segurança
o ajude. Abbraça, assim que se levanta,
um timido Raymundo, que se amansa:

"És tu? Tu mesma, Zuza?" E della é tanta
a alegre sensação, que não se cansa
de dar os seus pullinhos, maior anta!

198. O CAUTO CAUSO DA
ZIQUIZIRA QUE EXPIRA (II) [4442]

Raymundo é conduzido à limusine,
que parte em disparada, rua afora.
Em breve o reveremos, mas, agora,
voltemos ao amigo aqui, imagine!

Estou eu a caminho, e se previne
quem lendo agora esteja, pois é hora
de ver meu suicidio. Alguem ja chora,
talvez, ao ler, que é scena, eu sei, de cine.

O predio Martinelli, à cobertura,
tem baixo parapeito, em deredor
daquelle sobradinho, àquella altura...

Commendador, a casa, do maior
arranhacéu no topo, só perdura
nas mentes suicidas, sei de cor!

199. O CAUTO CAUSO DA
   ZIQUIZIRA QUE EXPIRA (III) [4443]

Por isso ao predio subo, Martinelli,
seu puto, seu demonio, seu nojento!
Só penso no seu predio, no momento
dum acto que, "impensado", nos compelle.

Ninguem queria estar na minha pelle
agora: do mais alto pavimento,
trigesimo, talvez, eu subo, attento
a alguem que impedir tente e à força appelle.

Um lance mais de escada, apenas: dou
de cara com aquelle panorama
urbano, em que vivi, que me mactou.

São predios e mais predios! Quem os ama,
amou esta cidade! Do meu show
faz parte este final, vem no programma.

200. O CAUTO CAUSO DA ZIQUIZIRA QUE EXPIRA (IV) [4444]

Me resta dar, ainda, uma noção
daquillo que occorreu com meu Raymundo.
Ficou elle feliz, vive no mundo
da moda e do consumo, o rapagão.

Com Zuza se casou, filhos estão
por vir e, si as lembranças não confundo,
um delles vae meu nome ter. Fecundo
final! Não é verdade, meu irmão?

Na vida, algumas coisas são bemdictas,
algumas não. Azar quiz o Destino
que fim tivesse em linhas ora escriptas.

Apenas um porem: Raymundo é fino,
é rico, mas à Zuza diz: "Não dictas
futuro a nós! Ao Craque, eu vaticino!"

Auctor

Glauco Mattoso (paulistano de 1951) tem obra volumosa como poeta satirico e fescennino. Em prosa, alem de collaborar como chronista na midia impressa e virtual, publicou os romances *Manual do podolatra amador* (autobiographico) e *A planta da donzella* (parodico, revisitando *A patta da gazella*, de Alencar), bem como as collectaneas *Contos hediondos* e *Tripé do tripudio e outros contos hediondos*. Na decada de 1980, celebrizou-se entre a "marginalia" litteraria como auctor do fanzine anarchopoetico *Jornal Dobrabil*. Apoz perder a visão, ja na decada de 1990, publicou dezenas de volumes de poesia, entre os quaes a anthologia *Poesia digesta: 1974-2004* e a decalogia da serie *Mattosiana*. Adepto, no verso, da glosa decimal e do soneto classico, destacca-se tambem como estichologo numa *Historia e theoria do soneto* (virtual) e num *Tractado de versificação* (ja em livro). Como lettrista, tem sido musicado por nomes singulares do porte de Arnaldo Antunes, Ithamar Assumpção, Falcão, Ayrton Mugnaini e outros experimentalistas independentes ou irreverentes. Por opção esthetica e posição politica, o poeta adopta o systema orthographico vigente antes das reformas phoneticas impostas a partir da dictadura getulista da decada de 1940.

Obra

Raymundo Curupyra, o caypora, romance lyrico de Glauco Mattoso, é obra unica no genero. Contada (ou cantada) em duzentos sonetos heroicodecasyllabos, a historia tem logar numa São Paulo contemporanea e decadente, onde se desenrolam a ascensão e o fracasso de dois amigos inseparaveis, Raymundo e o appellidado Craque. Conflictando entre o determinismo e o livre arbitrio, ou entre o cayporismo e o sortilegio, ambos os antiheroes oscillam do céu ao inferno em relação às respectivas companheiras, Zuza e Vannessa. A consummação do chamado "fado" dos personagens tem, como contrapartida, o chamado "pacto" transcendental que, hypotheticamente, reverteria a fatal "urucubaca" (popularmente dicta "uruca") ou "ziquizira" (popularmente dicta "zica"). O trágico desfecho da historia, portanto, não representa solução mysticamente moralista nem theologicamente correcta para um enredo entrecortado de aventuras e desventuras sexuaes, sociaes, profissionaes, políticas, policiaes, litterarias e sobrenaturaes. O romance, escripto em brevissimo prazo (entre abril e maio de 2011), reaffirma a vocação do poeta (auctor de milhares de sonetos) para o experimentalismo em materia de generos, thematicas e estructuras formaes.

Posfácio

Os Cautos Causos de Glauco Mattoso

"O cego me ensinara, aquelle sujo
poeta, a dar valor aos fescenninos auctores..."
(Glauco Mattoso, *Raymundo Curupyra, o Caypora*, soneto 79)

Neste romance lírico, 200 sonetos de gênero baixo, cômicos, burlescos, satíricos e fesceninos, de verso decassílabo e rimas toantes *abba/abba/cdc/dcd*, compõem, ordenados em sequência, conjuntos narrativos de extensão variada jocosamente intitulados de "cautos causos". Nada cautos, correspondem às temporalidades de situações narrativas e dramáticas em que se repetem as feias ações e palavras de Raymundo Curupyra, tipo chinfrim bem amado do Azar com que seu nome anda para trás. Lê-se no primeiro: "as desdictas/ que sempre lhe acontecem são descriptas/ em tantos destes causos, a vocês!...".

"Vocês", leitores, não acham fundamento para as suas desditas, as dele – "Raymundo a um Superior Ser nos allude/ mas nada nos garante que não seja/ tal Ente um Cão que nunca nos ajude" (soneto 1) – mas só, e sempre, a mão de bronze das contingências. Tudo quanto planeja e diz e faz é interrompido e barrado por acontecimento que, causa sem fundamento, produz outras situações bestas que novamente desorganizam as singularidades da sua ação, repondo-o comicamente estúpido sempre aquém do que diz, faz e planeja, como aquele punidor de si mesmo de um poeta latino, trapalhão pior que o leitor, que se julga esperto. A acumulação de inadequações de seus atos aos fins intensifica sua irrisão narrada por Craque – "Apenas um moleque, ou um perfeito/ malandro brasileiro da selecta/ ralé miscigenada" (107) – seu amigo pau pra toda obra, que no final do livro salta, aidético e trágico, do edifício Martinelli, derrotado por si mesmo e São Paulo, enquanto Raymundo, finalmente reconciliado com os astros ao ser atropelado pelo amor da sua vida, sobe no sucesso da comédia burguesa, casado e convertido em pai de família da classe média paulistana.

Craque é emissário da perspectiva irônica do autor. Mais lúcido que Raymundo, sempre determinado como caipora na repetição caipora, escolhe o que faz entre os possíveis da Crackolândia tatuada no seu nome. Não tem muito a escolher. Como um jogador de futebol calculando os dribles dos ataques do campo adversário, é o craque de uma voz narrativa que, representada, ou seja, dividida, enuncia sínteses disjuntivas agudas e pungentes: "rapazinho alli, de cor/ com pinta de ladrão, tennis immundo..." (85), "Eu quasi justifico o preconceito/ e torno-me bandido! Não convivo,/ porém, com ladrões! Quero mais respeito!" (86); "Eu tenho faculdade... mas não acho/um trampo que me sirva!Ser capacho/ dum chefe eu não aturo, de ninguém!/ Por isso está difficil! O que vem,/ não quero e, quando um quero, é só de tacho/ a cara que me fica! Quem é macho/ não leva desaforos, não! Eu, hem?" (96); "desde Osasco até Guarulhos,/ cruzando esta metrópole com asco,/ ouvindo-lhe os ruídos com engulhos"(108); " Meu nome ninguem sabe: só de Craque/ me chamam, pois pareço um jogador/ de bola. Mas a pinta é só de araque./ Meu dente separado faz suppor/ que eu seja algum Ronaldo, mas quem saque/ do assumpto entenderá: só tenho a cor..." (128).

Os cautos causos se acumulam redundantes e diversos na sua voz; em todos, o cômico é potência deformante: como Raymundo se envolve com as putas Zuza e Martha e, depenado, vai morar num casarão assombrado dos Campos Elyseos; como

Raymundo se envolve com políticos paulistas e paulistanos do PPP, Partido Popular Paulista, tendo de fugir para a Argentina, onde encontra Astolpho e o Parnaso Masochista em que "nós, que Bocage e Sade lemos,/ ficamos conhecendo outros collegas" (72) "na praia de Sodoma e na corrente/ satânica, de cor surrealista" (74); como Raymundo, de volta para São Paulo, tenta a sorte como dono da Pizzaria Formaggica, onde Craque, como muitos elementos da massa de letras, é *pizzaiolo*, funcionário e entregador logo fora do lugar, pois "O assalto na Formaggica marcava/mais uma do Raymundo na derrota [...]"; como Raymundo cria a "Locadora Uivante Vento" (101), especializada em malassombrações dos exóticos casarões da zona central da Crackolandia; como Uivante Vento é página virada; como Raymundo, o Caypora, dono do Livro da Sacra Kaballa, lê a *buena dicha* a clientes, como Candido Verissimo, eclético diretor de cinema pornô da Boca do Lixo; como Raymundo mergulha em dívidas; como Raymundo pensa em capitalizar seus pés grandes e ganhar alguma grana com podólatras que pagam pela lambida; como Raymundo passa a adestrador de cães e como ama Chicho e Chocho; como Craque, michê, trabalha, duro; como Raymundo perde o apartamento; como Zephyro Ramires lhes indica "em plena Crackolandia/ um quarto de cortiço" (126); como Craque reencontra a atriz dos filmes de Candido Veríssimo, Vannessa de Gomorrha, que o leva a conhecer a "patota pateta", Bolacha, Rosquinha, Biscoito e Picolé (131), aos quais fala do Roberto Piva poeta e de Adherbal Araujo, o Abbade, que, "Cercado de meninos, foi convicto/ discípulo do Piva em alma hellena" (134); como Craque conta como passa a consumir maconha e pó, "além do que se bebe ou que se injecta" (132); como, morto o Abbade, descobrem sua grana e desfrutam de um conforto temporário; como Xenophonte Martins, renomado quiromante, lê a mão de Raymundo e lhe fala sobre Craque, pedindo que Zeus tenha dó (139); como Raymundo encontra o Candido, que lhe propõe emprego de peão na campanha do Pires à Prefeitura de São Paulo: "Do affan publicitário o compromisso/exige voluntários: quem se venda/ por pouco, foi otário, e quem a venda/ nos olhos ponha, engole até chouriço" (145); como O PPP perde e Raymundo vai ser caixa e palhaço na rede de lanchonetes Pepperonyx promovido a faxineiro de latrinas etc. etc.

Depois dos 18 sonetos iniciais, que fixam o caráter desastrado de Raymundo, Craque diz no 19: "A falla de Raymundo não combina: grammatica correcta... ou grosseria?/ Depois de tanta gaffe, o que seria/ discurso vale a lyra da latrina". Craque fornece o protocolo de leitura dos sonetos ao leitor: "lyra da latrina". Convencionalmente, "lírico" é o poema breve em que um sujeito, o pronome "eu", fala reflexivamente do ser-aí da 1ª pessoa do enunciado, associando-a temporalmente ao presente do seu ato de fala. O princípio e o limite dos atos da fala lírica de Craque é a miséria que fornica com a luxúria; ou a luxúria que fornica com a miséria. Nenhuma delas é primeira em seu presente e o que sai desse conúbio é misto e impuro: galhofa cansada e melancolia burlesca.

Em 2012, quando o *pop* é global e a indiferença e o conformismo artísticos dominam, que significa usar a forma "soneto" narrativamente? Inventado por volta de 1230 como monólogo reflexivo por Giacomo da Lentini, advogado da corte siciliana do Imperador Frederico II, inicialmente foi, como o nome diz, um "sonzinho", cantado e declamado. Muito usual em poetas maiores entre os séculos XIII e XIX – Guido Guinizelli, Guido Cavalcanti, Dante, Petrarca, Spenser, Shakespeare, Wyatt, Camões, Ronsard, Du Bellay, Garcilaso de la Vega, Góngora, Quevedo, Donne, Milton, Cláudio Manuel da Costa, Wordsworth,

Baudelaire mais um grande etc. – atingiu o auge hercúleo e belo do esgotamento da sua forma sob o camartelo de escultores e/ ou joalheiros parnasianos do final do século XIX. Forma fixa de 14 versos inicialmente distribuídos em duas estrofes de 8 e 6; depois, no mundo neolatino, em 2 quartetos e 2 tercetos decassílabos, às vezes alexandrinos; e, no anglo-saxônico, em 2 quartetos e 2 tercetos de pentâmetros jâmbicos seguidos às vezes de mais 2 versos; com vários esquemas de ritmos e rimas, elocução alta, média, humilde e baixa, desenvolvendo reflexiva e harmoniosamente um pensamento silogístico aparentado, nos usos iniciais, ao estrambote e ao epigrama, o soneto já foi considerado a realização suprema da poesia, síntese perfeita da inspiração lírica associada ao engenho técnico. E andou em baixa desde os românticos adeptos da expressão informal do infinito da psicologia da bela alma infeliz, que o julgaram a maior praga da poesia, fim de linha em que a forma é fôrma recalcando o borbulhar do gênio. Reduzido a pó de traque pelos modernos partidários do verso livre e das palavras em liberdade, por aqui foi considerado a última flor do Lácio *kitsch* de poetas oficiais, regressão passadista e reacionarismo estético.

Na sociedade burguesa regida pela livre-concorrência, a originalidade artística é, como tudo, mercadoria. As formas livres inventadas por românticos e modernos tinham a aparente vantagem de sua singularidade equivocadamente livre de retórica, pretendendo a originalidade absoluta buscada no fundo de algum desconhecido, fingir que não dependia de nenhuma memória do leitor. O soneto, não. Auden dizia que ele é uma bela arapuca para poetas que desconhecem o campo literário, pois tem muitíssima história e ela pesa no que fazem. Quando retomado por modernos poetas críticos, Mallarmé, Drummond, cummings, Auden, Seamus Heaney são alguns, sua forma fixa sofre abalos táticos e estratégicos que a deslocam e destroem por dentro, efetuando o *ptyx* daquele cão mijando no caos a recusa das linguagens administradas do mundo administrado.

Felizmente, a poesia não é a história; quando presta, é contra ela. A de Glauco Mattoso presta e, antes de tudo, é crítica da própria forma "soneto", inventando em decassílabos peritamente medidos e rimados as deformações de personagens baixos como a realidade de um possível poético que transcende ficcionalmente as matérias sórdidas de São Paulo. Leia-se, impiedosamente dito no 35: "O cego se consola com espinhos,/ transforma em sonho erótico a torpeza,/ emquanto escuta risos escarninhos". Um dos grandes sonetistas da língua, Glauco se diverte em adequar os 14 versos da velha forma fixa à transformação da torpeza numa arte que finge torpezas, contando quantos fez para bater toda a produção de todos os albertos e olavos e raimundos e da geração de 45 que, supunha-se, desde os primeiros modernistas e João Cabral de Melo Neto estavam mais olvidados que a cesura cortando o estrágulo de Nero na 6ª sílaba do alexandrino francês de ourives finos.

Já se falou que são pornosianos ou sonetos de um (neo) parnasiano pornógrafo. O trocadilho condensa, por isso diverte, mas só parcialmente corresponde à motivação e eficácia da sua prática. Glauco não é nenhuma palmeira vivendo em píncaro azulado, nem mesmo pornógrafo, mas poeta especializado nos estilos baixos com pleno domínio histórico e técnico da sua arte. Melhor é dizer que, desde o tempo do *Jornal Dobrabil*, ele não se entregou. Como exemplo do seu humor negro engenhoso, leia-se o soneto-email que Raymundo, personagem, manda para seu autor, Glauco Mattoso, transformado em personagem masoquista:

De: pyra arroba marte poncto com...
Para: glaucomattoso arroba sol...
Com copia para: boccadeurinol
arroba lua...Assumpto: um chulé bom...

Oi, cego! Estive ahi! Te lembras? Com
aquelle amigo craque em futebol
na tua casa. Quero, sem pharol
fazer que tu me lambas. Tens o dom...

Ainda estou lembrado: aquella vez
ri muito quando o Craque te mijou
na bocca. Foi legal para nós trez.

Agora meu chulé melhor ficou.
Podias tu lambel-o e, todo mez,
pagar-me a conta, já que gay não sou..." (115)

No seguinte, o 116, Glauco-personagem responde como Glauco-autor:

De: boccadeurinol arroba lua
poncto com... Para:pyra arroba marte...
Assumpto: seu chulé, meu dom, ou arte...
(resposta, esta mensagem, para a sua)

Carissimo Raymundo! Me insinua
você que lamberei eu pé. Si parte
do "Craque" a suggestão, de minha parte
concordo, e aberta a porta continua...

Sem duvida! Seu pé jamais esqueço!
Aquella sola chata, aquelle dedo
segundo mais comprido...Ah, si eu mereço!

Adoro esse dedão mais curto! O medo
e o nojo não me tolhem! Mas o preço
que está cobrando é muito!...Não concedo.

Poeta sério, Glauco finge poeticamente a falta de seriedade da perversão e convida o leitor a rir. A começar pelos nomes motivados de seus sujos personagens que ostentam a inscrição da boa sorte que os assiste em São Paulo. No de Raymundo juntam-se o daquele parnasiano pessimista com o do poema de Drummond mais os desses nordestinos que andam desamparados por aí. O da puta Magdalena Iscariota funde, com verdade evangélica, arrependimento e traição. O da puta Zuzanna Surubim faz Craque dizer, no soneto 20, "combina Surubim com Curupyra", evidenciando os dotes dela nos sons escuros das duas sílabas iniciais de cada um. Candido Veríssimo, nome do cineasta pornô, tem a candura da verdade do profundo naturalismo anal dos seus filmes; neles atua Vannessa de Gomorrha, "moça tão promiscua e nada casta" (106) que a praga de um céu inexistente consome. E os nomes de prosápia e fidúcia de tipos do Pepepê, o Partido Popular Paulista, Oscar Raposo Pires, Ulysses Vaz de Lyra, Zephyro Ramires etc. são pedaços de ectoplasmas de varões de Plutarco reencarnados nos tipos de políticos paulistas e paulistanos que, o leitor eleitor pensa, bem gostaria de desconhecer.

Logo, *scorn not the sonnet, critics*: os sonzinhos desses 200 que citam tanta poesia morta e muito viva nos temas, nos acentos, nos ritmos, nas rimas toantes, pobres, ricas, preciosas e na orthographia que, o poeta avisa, é a que foi cultivada desde a Era Crássica até à reforma hortográfica de 1940, começam sua deformação por aí mesmo: pela letra, cavando buracos obscenos nela. Como nos tempos do *Jornal Dobrabil*, em que as paródias concretistas eram metáforas críticas da merda onipresente que sujava a vida durante a ditadura militar patrocinada por empresários brasileiros, muitos deles paulistas e paulistanos de porca memória. Lembram, na arbitrariedade da letra (que às vezes perde a força irônica com a repetição estereotipada das consoantes dobradas e dos *yy* e *phs*) que a ortografia é realmente uma mandarina muito ciosa do aparato, mais ainda em província do Parnaso onde cérebres célebros calçam as polainas da moral e cívica. Foucault lembrou aquele louco de pedra libertado da Bastilha que rabiscava *harrystheaukhrathye*, palavra que fazia seu corpo gemer sob o peso opressivo das letras. Como o louco – e diferentemente dele, pois não é falado pela ficção que inventa –, Glauco sabe, com as astúcias das liberdades da sua arte, o que é a letra da instituição da normalidade e da normalidade das instituições.

Seus sonetos põem em cena nomes de partes e substâncias e práticas do corpo que a retórica dos bons costumes determina como impróprios para a boa formação do pai e filho de família integrados na ordem do pogresso. São palavras feias, sujas, porcas, imorais, indecorosas, indecentes, pornográficas e obscenas, segundo a instituição da normalidade e a normalidade das instituições, palavras que dizem coisas torpes torpemente. Glauco sabe, claro, que bem podia dizer coisas feias com palavras castas como véus de noiva. Não as diz. É cru, cruel: rigoroso.

Obsceno, isso se sabe desde os latinos, é o interdito que deve ficar ou cair fora (*ob*) da representação (*scaena*). Se essa etimologia bem pode ser falsa, não importa, é eficaz. Obviamente, a obscenidade dos nomes de perversões sexuais só tem existência num campo de normas naturalizadas pelos hábitos que lhe conferem existência e visibilidade de interdito. Como a obviedade nunca é óbvia, lembre-se o que se sabe: é a propriedade que produz o banqueiro que produz o lucro e o roubo que produzem o ladrão que produz a polícia e o juiz que protegem a propriedade, o banqueiro, o lucro e o roubo. Obviamente, a castidade sacerdotal apela com o "vinde a mim as criancinhas". Logo, as grosssuras do pau, do cu, do rabo, da cona, da crica, do mijo, da merda, da puta, da bicha, do gay, da biba, do veado, do veadinho, do traveco, do michê, do podólatra, do velhote taradão, da língua do masô no dedão esquerdo do pé suado, na bota do Direito empoeirado do sádico e doutras partes e doutras práticas e doutros tipos impressos conspurcando clownescos burlescos fesceninos o lirismo nos sonetos de Glauco são palavras. Fingidas, claro, como palavras fictícias fingindo imaginários perversos recortados do fundo dos recalques higienistas da economia política da Grande Saúde. Não se temam palavras, também essas, sua ficção não morde. Nesses sonetos, não são imorais e pornográficas. A poesia que presta não se identifica com as coisas que representa; ela as nega. E só é má quando artisticamente inepta. Assim como se admira a arte de um pintor que faz com perfeição um bico torto e podre de tucano morto, essa poesia também é admerdável. Admira-se nela não a merda onipresente da sua referência, a miséria, mas sua figuração formalmente eficaz. A perversão da sua galhofa é ficção feita com a desencantada candura de não pretender ser mais do que as suas metáforas de pulsões parciais fingem, prometem ao gozo e negam. Frente à urucubaca da pornografia explícita da normalidade da vida de São Paulo, o que podem essas metáforas?

Pois é a questão política que escande todos os decassílabos dos 200 sonetos desse limpo romance lírico que estiliza as sujas coisas da cidade: o que fazer quando a gente é um pé rapado que sobrevive nos interstícios da lei dando um jeitinho, por baixo e por fora, pobre, feio, mulatinho sujo ignorante e ignorado, quase sempre com fome – e sempre um corpo sexuado, situado e sitiado, que às vezes é hétero, às vezes homo, às vezes perverso? Obviamente, só há *um* sexo, o humano, com que homem e mulher têm, como se diz, de se virar. As formas da sexualidade em que se viram e reviram não são um dom de Deus que macho e fêmea os criou para o crescei e multiplicai-vos do Estado e das igrejas. Deus não existe. Nem da natureza, leitor casta diva, mas só umas realmente muito poucas variantes posicionais livres e arbitrárias dele, o sexo humano, sempre ali, em todas elas. Questão: o que fazer do corpo perverso incluído na real realíssima da normalidade naturalista de São Paulo? O que fazer no ágape espiritual dessa comunidade de almas que não desistem de produzir matéria fecal aos pesadelos de quem ainda insiste em sonhos vãos de um dia ver a guilhotina na Praça enfim da República? O que fazer? Questão política para o leitor: os que se jogam do milagroso *kitsch* gótico da torre da Sé e/ou do mussolínico Martinelli macarrônico caem de onde? Questão econômica para o leitor: o que perdem, o que deixam para trás? Questão irônica para o leitor: quem nos ampara? (155). Caem do alto, que cedo ou tarde necessariamente cai sobre a gente crackolândia da ralé miscigenada, os sonetos propõem. *Moira, Fatum*, Azar, Sina, Destino, Caiporismo, Urucubaca, Uruca, Zica, Ziquizira? Sim, claro, estamos no gênero cômico. E, obviamente, não, Glauco é explícito em evidenciar o que motiva as baixarias. E o corpo desce.

No soneto 158 do "Cauto causo da pausa calculada", depois que a usada e gasta Vannessa de Gomorrha volta para Camanducaya para morrer, Craque está perdido no centrão e pensa em procurar Raymundo. A AIDS o tem: "aquilo que virou, hoje, mesmice" (159). A partir desse ponto, o romance afunila-se vertiginosamente para o fim em sínteses delirantes que a exata imaginação do poeta faz de matérias da normalidade do lugar. Só, doente, sem nenhum, Craque sintetiza disjuntivamente a impossibilidade dos possíveis que sua vida de michê tem pela frente:

> Podolatras, porem, não são assim
> tão fáceis de encontrar. O mais commum
> e mesmo a michetagem que quer um
> veado:chupar rola e dar, enfim.
>
> Mulheres raramente teem em mim
> aquelle garanhão que seu jejum
> de sexo irá supprir: o meu fartum
> é forte, e mais, depois que p'ra ca vim.
>
> As putas, por seu lado, querem grana
> e, em vez de me pagarem o jantar,
> contentam-se si provam-me a banana.
>
> Alguem já commentou que é bom gozar
> na bocca, mais seguro, mas se enganna
> que acha que se livra,assim, do azar... (161)

"Chegamos, pois, ao poncto em que não resta/ mais nada a se fazer: só resta a espera..." (166). Craque sabe: quem acredita, obedece. Não crê, quando conta que Raymundo ainda "implora ao Bom Jesus que forças dê/ a um homem pobre..."(167). Na Praça da República, narra o "Cauto causo da ziquizira que delira": delirando, imagina a Paulicéia de ano antigo em que só tinha sobrados num centro sem periferia e vê o Martinelli, babel de trinta andares. Do telhado dele, avista um zeppelin, entra nele e vem ao chão. Lembra, irônico, que o velho casarão em que morou com Raymundo não tinha mansarda de Versalhes igual às das mansões que sobram da Dona Veridiana, da Casa das Rosas do Haroldão e da Guilhermina do Almeida. Trepado na mansarda do Martinelli, é abduzido pelo zeppelin. Outro delírio, vê as quadras dos Elyseos alagadas, as ruas em canais de Veneza transformadas, o líquido escuro que sobe até o segundo andar. Pensa em gôndolas. No "Cauto Causo dos Echos Cosmopolitas", narra seu pesadelo delirante, a Academia do Arouche presidida por Abbade, onde estão o Piva, o poeta cego e Duque. O delírio continua no Museu do Ypiranga na cama onde Pedro I e Domitila e espraia-se pelas não-águas do Tietê e do Pinheiros, "cadeia fluvial dos brasileiros" (175). A normalidade de São Paulo dá motivo: "Quem pode delirar, aqui, delira!" (176). No Viaduto do Chá: "Se fala que essa ponte nos inspira/ comícios, passeatas, que é reducto/ de noia e trombadinha, mas eu lucto/ por algo de que é symbolo a quem pira..." (176).

No "Cauto Causo da Urucubaca que Attaca", a normalidade avança sobre o símbolo de pirados:

> A Camara, a serviço do prefeito
> que acaba de assumir, approva a lei
> chamada "hygienista", que, já sei,
> celeumas causará por seu effeito.
>
> Mudar-me desta merda até que acceito!
> Raymundo também, claro! Mas fiquei
> sabendo que teremos, quando um rei
> expulsa seus vassallos, um fim feio...

Seremos despejados desta zona,
que, apoz reconstruída, se destina
a novos occupantes, nova dona...

A dona é a constructora, a que a ladina
e experta prefeitura proporciona
vantagens e direitos...Nós? Magina! (177)

O leitor está na Crackolândia com Craque: "Aqui só mora aquelle, que no censo,/ figura como excluso e pobretão,/ ou seja, nós, Raymundo, eu, os que estão/ commigo e esmola pedem, que eu dispenso" (178). A desapropriação da Crackolandia é "a mesma operação/ de guerra que os nazistas, numa Villa/ pacata, executaram para abril-a/ às tropas invasoras... Que afflicção!" (180). A desapropriação vai desapropriar a voz de Craque. O albergue para onde ele e os moradores são transferidos é foda! cachorro e gato, puta com família, choradeira das crianças, fome, fraqueza, a tremedeira de pedir socorro em vão, perdendo as esperanças. Craque insiste, escapa, vai para o centrão. A normalidade de São Paulo não o larga, sempre bruta: "O centro da cidade está todinho/ cercado e patrulhado [...] Talvez seja o prefeito que, adivinho,/ está fiscalizando, desde a Sé/ ao fim do Minhocão, si algum café/ tem mesa na calçada ou pombo em ninho..." (184).

Pombo sem ninho, Craque ainda conta os cautos causos que conduzem Raymundo a seu destino de herói de comédia. No "Cauto Causo da Ziquizira que Expira", avisa: "Estou eu a caminho, e se previne/ quem lendo agora esteja, pois é hora/ de ver meu suicídio" (198). No último soneto desse último cauto causo, Raymundo diz a Zuza, num rompante de fecundo final, sua predição do futuro de Craque. Feita, óbvio, por um caipora: "Não dictas/

futuro a nós! Ao Craque, eu vaticino!". Ironia dramática do poeta, estupidez de Raymundo, fim de Craque, do romance e a questão, repetida para o leitor: "quem nos ampara?".

João Adolfo Hansen

Sobre o posfaciador

João Adolfo Hansen é professor de literatura brasileira na Faculdade de Filosofia, Letras e Ciências Humanas da Universidade de São Paulo (FFLCH-USP).

Cronologia

1951 – Pedro José Ferreira da Silva nasce no bairro da Lapa em São Paulo (SP), no dia 29 de junho. Apresenta quadro congênito de glaucoma. A partir de 1974, adotaria o pseudônimo "Glauco Mattoso", trocadilho com "glaucomatoso", palavra que designa os portadores da doença, além de aludir ao poeta Gregório de Matos Guerra.
1955 – Nasce Paulo, irmão do autor.
1956 – Reside com a família no bairro da Mooca.
1957 – A família se muda para a Vila Invernada, em torno da avenida Sapopemba.
1958-1961 – Cursa o primário nas Escolas Agrupadas Leonor Mendes de Barros.
1959 – Passa por cirurgia ocular no Hospital das Clínicas. Poucos anos depois, o procedimento se revela infrutífero.
1960 – Nasce seu irmão caçula, Luiz Augusto.
1963-1966 – Cursa o ginásio no Colégio Estadual Stefan Zweig.
1967-1969 – Cursa o clássico no Colégio Estadual Alexandre Gusmão, no Ipiranga, onde é introduzido aos estudos de latim e filosofia.
1968 – Trabalho temporário no banco Itaú.
1969 – É aprovado em concurso público como bancário no Banco do Brasil.

1970-1972 – Estuda biblioteconomia e recebe o título de bacharel pela Escola de Sociologia e Política de São Paulo.

1972 – Passa pela segunda cirurgia ocular, que também se revelaria infrutífera poucos anos depois. Perde a visão do olho direito.

1973-1975 – Estuda letras vernáculas na Faculdade de Filosofia, Letras e Ciências Humanas da Universidade de São Paulo, mas não chega a concluir o curso.

1974 – Em Belo Horizonte (MG), passa pela terceira cirurgia ocular, que apresenta o mesmo resultado das anteriores. Escreve o poema "Kaleidoscopio", no qual usa pela primeira vez a ortografia etimológica que adotará décadas depois. Do mesmo poema resulta seu *nom de plume*.

1975 – Publica *Apócrifo Apocalipse* (poesia). Participa do grupo de teatro amador Soma.

1976 – *Maus modos do verbo* (poesia). Muda-se para o Rio de Janeiro (RJ) onde trabalha como bibliotecário do Banco do Brasil. Colabora com o jornal *Tribuna da Imprensa*.

1977 – Organiza, com Nilto Maciel, a obra *Queda de braço: uma antologia do conto marginal*. Visita Montevidéu (Uruguai) e Buenos Aires (Argentina).

1977-1981 – Edita o *Jornal Dobrabil* (trocadilho com *Jornal do Brasil*), o primeiro fanzine poético-panfletário do país. Colabora no tabloide *Lampião da Esquina*, juntamente com um círculo de intelectuais liderados por Aguinaldo Silva, em torno do qual se formaria o grupo Somos, primeira ONG gay brasileira. Sugere o nome oficialmente adotado pelo grupo: Somos – Grupo de Afirmação Homossexual.

1980 – Palestra sobre poesia experimental pós-concretismo aos pós-graduandos de linguística da Pontifícia Universidade Católica de Campinas.

1981 – Publica *O que é poesia marginal* (ensaio). Passa pela quarta cirurgia ocular, também sem resultados.

1982 – Edita a *Revista Dedo Mingo*, suplemento do *Jornal Dobrabil*. Publica *Memórias de um pueteiro* e *Línguas na papa* (ambos poesia). Inicia sua colaboração no *Pasquim*. Afilia-se à União Brasileira de Escritores.

1983 – Contos traduzidos para o inglês nos Estados Unidos. Estreia nos quadrinhos com roteiro para desenhos de Angeli na revista baiana *Código*. Torna-se patrono literário da casa noturna Madame Satã.

1984 – Publica o ensaio *O que é tortura*. É citado por Caetano Veloso na letra da canção "Língua". É publicado em Portugal, na antologia *Pornex: textos teóricos e documentais de pornografia experimental portuguesa*. O *Jornal Dobrabil* é analisado na *Arte em Revista*, em artigo de João Adolfo Hansen.

1985 – Publica o ensaio *O calvário dos carecas: história do trote estudantil* e escreve o romance *Manual do podólatra amador*. Palestra sobre estética urbana no Madame Satã. Alguns poemas aparecem em tradução urugaia.

1986 – Palestra na Universidade Federal da Bahia sobre ética e estética.

1987 – Começa sua colaboração no gibi *Chiclete com Banana*, de Angeli. É tema dos programas de Hebe Camargo e Sílvio Luiz na TV. Escreve no *Estadão* e na *Folha da Tarde*.

1988 – *A estrada do rockeiro* (ensaios) e *Rockabillyrics* (poesia).

1989 – *Limeiriques e outros debiques glauquianos* (poesia). Edita, com Marcatti e Lourenço Mutarelli, o gibi *Tralha*.

1990 – *As aventuras de Glaucomix, o podólatra* (quadrinhos com ilustrações de Marcatti) e *Dicionarinho do palavrão* (dicionário bilíngue). Compõe suas primeiras letras de rock, em parceria com Luiz Thunderbird. Passa pela quinta cirurgia ocular infrutífera.

1991 – É aposentado de seu cargo no Banco do Brasil por invalidez. Debate sobre poesia contemporânea na Universidade Estadual de Campinas e sobre trote estudantil na Escola Superior de Agronomia Luiz de Queiróz da Universidade de São Paulo, em Piracicaba.

1992 – *Haikais paulistanos* (poesia). Com a progressão do glaucoma, abandona a criação gráfica e se dedica a escrever letras de música e à produção fonográfica, associado, dois anos depois, ao selo independente Rotten Records.

1993 – Passa pela sexta cirurgia ocular infrutífera. Visita Londres (Inglaterra) e Madri (Espanha). Traduz a obra de George Marshall sob o título *A bíblia do skinhead*.

1994 – Sua obra é objeto de estudo na Arizona State University e na University of New Mexico (Estados Unidos).

1995 – Passa pela sétima cirurgia ocular. É acometido pela cegueira total. Publica no caderno "Mais" da *Folha de S. Paulo* poemas gays escritos em espanhol sob o pseudônimo Garcia Loca.

1997 – Palestra sobre homossexualidade e maldição literária no Centro Universitário Maria Antônia, da Universidade de São Paulo.

1998 – Publica, em parceria com Jorge Schwartz, tradução de *Fervor de Buenos Aires*, obra de estreia de Jorge Luis Borges.

1999 – Vence, ao lado de Jorge Schwartz, o prêmio Jabuti na categoria "melhor tradução" por *Fervor de Buenos Aires*. É entrevistado por Steven Butterman para pesquisa da Universidade de Wisconsin (Estados Unidos). Com o advento da internet e da computação sonora, volta a produzir literatura. Publica *Centopeia: sonetos nojentos & quejandos*, *Paulisseia ilhada: sonetos tópicos* e *Geleia de rococó: sonetos barrocos*, todos livros de poesia.

2000 – Publica *Panaceia: sonetos colaterais* (poesia).
2001 – Participa de recital e debate com os calouros do curso de letras da Universidade de São Paulo. Vários artistas, como o grupo punk Inocentes e os cantores Arnaldo Antunes e Humberto Gessinger, fazem versões musicais para os sonetos do autor. O resultado é o disco *Melopeia: sonetos musicados*. Seu "Soneto futebolístico" é incluído na antologia *Os cem melhores poemas brasileiros do século*, organizada por Ítalo Moriconi.
2002 – *Galeria alegria*, coletânea dos poemas assinados pelo heterônimo Garcia Loca.
2003 – Publica *Contos familiares: sonetos requentados* e *O glosador motejoso* (ambos poesia). É lançada no Chile a antologia de poemas *20 sonetos netos y un poema desparramado*.
2004 – Publica no Brasil as obras de poesia *Cavalo dado: sonetos cariados*; *Poesia digesta: 1974-2004*; *Pegadas noturnas: dissonetos barrockistas*; *Poética na política: cem sonetos panfletários*; *Cara e coroa, carinho e carão*; *Animalesca escolha* e *Peleja do ceguinho Glauco com Zezão Pezão*. Na Argentina é publicado *Delírios líricos* (poesia).
2005 – Publica o romance *A planta da donzela*, releitura do romance *A pata da gazela*, de José de Alencar.
2007 – Publica as obras poéticas *A bicicleta reciclada*; *A maldição do mago marginal*; *Peleja virtual de Glauco Mattoso com Moreira de Acopiara*; *Faca cega e outras pelejas sujas* e *A aranha punk*.
2008 – Publica *As mil e uma línguas*; *A letra da lei*; *Cancioneiro carioca e brasileiro* (todos poesia). Completa dois mil e trezentos sonetos, superando a marca de dois mil duzentos e setenta e nove do italiano Giuseppe Belli (1791-1863) e tornando-se o recordista mundial em número de sonetos. Organiza, com Antonio Vicente Seraphim Pietroforte, a *Antologia sadomasoquista da literatura brasileira*.

2009 – Recusa-se a aderir ao novo acordo ortográfico da língua portuguesa. Adota a escrita anterior a 1943. Publica *Contos hediondos* (contos); *Malcriados recriados: sonetário sanitário*; e *Cinco ciclos e meio século* (poesia).
2010 – Publica *Tratado de versificação* (obra de referência) e *Callo à bocca* (poesia).

Bibliografia

I. DO AUTOR

Apócrifo Apocalipse (poesia), 1975
Maus modos do verbo (poesia), 1976
Jornal Dobrabil: 1977/1981 (poesia e prosa), 1981, reeditado em 2001
O que é poesia marginal (ensaio), 1981
Revista Dedo Mingo (poesia e prosa), 1982
Memórias de um pueteiro (poesia), 1982
Línguas na papa (poesia), 1982
O que é tortura (ensaio), 1984, reeditado em 1986
O calvário dos carecas: história do trote estudantil (ensaio), 1985
Manual do podólatra amador (romance), 1986, reeditado em 2006
A estrada do rockeiro (ensaio), 1988
Rockabillyrics (poesia), 1988
Limeiriques e outros debiques glauquianos (poesia), 1989
As aventuras de Glaucomix, o podólatra (quadrinhos), 1990
Dicionarinho do palavrão (dicionário bilíngue), 1990, reeditado em 2005
Haicais paulistanos (poesia), 1992, reeditado em 1994
Centopeia: sonetos nojentos & quejandos (poesia), 1999
Paulisseia ilhada: sonetos tópicos (poesia), 1999
Geleia de rococó: sonetos barrocos (poesia), 1999

Panaceia: sonetos colaterais (poesia), 2000

Melopeia: sonetos musicados (disco), 2001

Galeria Alegria (poesia), 2002

Dono meu: sonetos eróticos de Salvador Novo (poesia traduzida), 2002

Contos familiares: sonetos requentados (poesia), 2003

O glosador motejoso (poesia), 2003

20 sonetos netos y un poema desparramado (poesia), 2003, no Chile

Cavalo dado: sonetos cariados (poesia), 2004

Poesia digesta: 1974-2004 (poesia), 2004

Pegadas noturnas: dissonetos barrockistas (poesia), 2004

Poética na política: cem sonetos panfletários (poesia), 2004

Cara e coroa, carinho e carão (poesia), 2004

Animalesca escolha (poesia), 2004

Delirios líricos (poesia), 2004, na Argentina

Peleja do ceguinho Glauco com Zezão Pezão (poesia), 2004

A planta da donzela (romance), 2005

A bicicleta reciclada (poesia), 2007

A maldição do mago marginal (poesia), 2007

Peleja virtual de Glauco Mattoso com Moreira de Acopiara (poesia), 2007

Faca cega e outras pelejas sujas (poesia), 2007

A aranha punk (poesia), 2007

As mil e uma línguas (poesia), 2008

A letra da lei (poesia), 2008

Cancioneiro carioca e brasileiro (poesia), 2008

Malcriados recriados: sonetário sanitário (poesia), 2009

Cinco ciclos e meio século (poesia), 2009

Contos hediondos (contos), 2009

Tratado de versificação (obra de referência), 2010

Callo à bocca (poesia), 2010

Tripé do tripúdio (contos), 2010

II. SOBRE O AUTOR

Livros

BRITTO, Jomard Muniz de. *Bordel Brasilírico Bordel: antropologia ficcional de nós mesmos*. Recife: Comunicarte, 1992, passim.
BUTTERMAN, Steven F. *Perversions on parade: Brazilian literature of transgression and postmodern anti-aesthetics in Glauco Mattoso*. San Diego: Hyperbole Books [San Diego State University Press], 2005.
WANKE, Eno Teodoro. *Diário de estudante*. Rio de Janeiro: Edições Plaquette, 1995, passim.

Artigos em livros

AZEVEDO, Wilma. "Podofilia ou pedolatria?". In: *Sadomasoquismo sem medo*. São Paulo: Iglu, 1998, pp. 147-150.
BRITTO, Jomard Muniz de. "Duas personas em G". In: *Outros Orfeus*. Rio de Janeiro: Blocos, 1995, pp. 51-59.
BUENO, Alexei. *Uma história da poesia brasileira*. Rio de Janeiro: G. Ermakoff Casa Editorial, 2007, p. 400.
FERNANDES, Millôr. "Glauco, onde estiver". In: *Apresentações*. Rio de Janeiro: Record, 2004, pp. 229-231.
FOSTER, David William. "Some proposals for the study of Latin American gay culture". In: *Cultural diversity in Latin American literature*. Albuquerque: University of New Mexico Press, 1994, pp. 25-71.
KAC, Eduardo. *Luz & letra: ensaios de arte, literatura e comunicação*. Rio de Janeiro: Contracapa, 2004.
KAPLAN, Sheila. "Visualidade, anos 70". In: Mello, Maria Amélia (org.), *Vinte anos de resistência: alternativas da cultura no regime militar*. Rio de Janeiro: Espaço e Tempo, 1986, pp. 121-135.

LOPES, Denilson. *O homem que amava rapazes e outros ensaios*. Rio de Janeiro: Aeroplano, 2002, pp. 137-139.

LUNA, Jayro. "Os sonetos de Glauco". In: *Caderno de anotações*. São Paulo: Oportuno, 2005, pp. 82-94.

MÍCCOLIS, Leila. "As diversas manifestações da cultura alternativa". In: *Antologia Prêmio Torquato Neto*, ano 1. Rio de Janeiro: Centro de Cultura Alternativa/Rioarte, 1983, pp. 73-101.

_____. "O movimento homossexual brasileiro organizado: esse quase desconhecido". In: MÍCCOLIS, Leila & DANIEL, Herbert, *Jacarés e lobisomens: dois ensaios sobre a homossexualidade*. Rio de Janeiro: Achiamé, 1983, pp. 96-114.

_____. (org.). *Catálogo de imprensa alternativa*. Rio de Janeiro: Rioarte, 1986, p. 55 [verbete referente ao *Jornal do Brasil*]

_____. "Literatura inde(x)pendente". In: MELLO, Maria Amélia (org.), *Vinte anos de resistência: alternativas da cultura no regime militar*. Rio de Janeiro: Espaço e Tempo, 1986, pp. 61-80.

_____. *Do poder ao poder: as alternativas na poesia e no jornalismo a partir de 1960*. Porto Alegre: Tchê!, 1987, passim.

_____. "Glauco Mattoso: um pejoso sibarita". In: COUTINHO, Luiz Edmundo Bouças & MUCCI, Latuf Isaías (orgs.), *Dândis, estetas e sibaritas: ensaios críticos*. Rio de Janeiro: Confraria do Vento, 2006, pp. 213-224.

MORICONI, Italo. *Como e por que ler a poesia brasileira do século XX*. Rio de Janeiro: Objetiva, 2002, pp. 129 e 134.

OLIVEIRA, Nelson de. "No porão, sem luz nem rima: o vidente cego". In: *O século oculto e outros sonhos provocados*. São Paulo: Escrituras, 2002, pp. 93-96.

PAES, José Paulo. "Erudito em grafito". *Os perigos da poesia e outros ensaios*. Rio de Janeiro: Topbooks, 1997, pp. 62-64.

PEDROSA, Celia & CAMARGO, Maria Lucia de Barros (orgs.). *Poesia e contemporaneidade: leituras do presente. Chapecó, SC: Argos, 2001, passim.

PERLONGHER, Néstor. "El deseo de pie". In: *Prosa plebeya: ensayos 1980-1992*. Buenos Aires: Colihue, 1997, pp. 103-111.

_____. "O desejo de pé". In: MATTOSO, Glauco, *Manual do podólatra amador: aventuras & leituras de um tarado por pés*. São Paulo: Expressão, 1986, pp. 163-176.

PIGNATARI, Décio. "Televisão dobrábil". In: *Signagem da televisão*. São Paulo: Brasiliense, 1984, pp. 24-25.

PINTO, Manuel da Costa. *Literatura brasileira hoje*. São Paulo: Publifolha, 2004, pp. 48-50. (Coleção Folha Explica, 60)

_____. (org.). *Antologia comentada da poesia brasileira do século 21*. São Paulo: Publifolha, 2006, pp. 275-277.

RIBEIRO, Leo Gilson. "Prefácio". In: MATTOSO, Glauco, *Manual do podólatra amador: aventuras & leituras de um tarado por pés*. São Paulo: Expressão, 1986, pp. 5-7.

SALGUEIRO, Wilberth Claython Ferreira. *Forças & formas: aspectos da poesia brasileira contemporânea (dos anos 70 aos 90)*. Vitória: Edufes, 2002, passim.

_____. *Lira à brasileira: erótica, poética, política*. Vitória: Edufes, 2007, passim.

SOUZA, Roberto Acízelo de. "A face proibida do ultrarromantismo: a poesia obscena de Laurindo Rabelo". In: ROCHA, Fátima Cristina Dias (org.), *Literatura brasileira em foco*. Rio de Janeiro: Editora da UERJ, 2003, pp. 129-139.

TREVISAN, João Silvério. "Essas histórias de amor maldito". In: *Devassos no paraíso*. São Paulo: Max Limonad, 1986, pp. 148-159. (Coleção Políticas do Imaginário); Rio de Janeiro: Record, 2000, pp. 250-273 (edição revista e ampliada).

_____. "The ambiguous art of being ambiguous". In: *Perverts in paradise*. Londres: GMP, 1986, pp. 90-132.

Artigos em periódicos

ACOPIARA, Moreira de. "O novo cordel". *Laboratório de poéticas*, Diadema, São Paulo, n° 4, outono de 2008, pp. 68-70.

ALBANO, Mauro. "Geração mimeógrafo". *Esquinas de SP*, São Paulo, n° 19, set. 1999, p. 37.

ALENCAR, Marcelo, "No pé em que as coisas estão, o melhor do ano". *O Estado de S. Paulo*, São Paulo, 12/9/1990. Caderno 2, p. 4. [resenha de *Glaucomix*]

ALMEIDA, Márcio. "Rockabillyrics". *Estado de Minas*, Belo Horizonte, 11/8/1988. [resenha de *Rockabillyrics*]

ALMEIDA, Miguel de. "Mattoso, uma poética radical voltada para o pé". *Folha de S.Paulo*, São Paulo, 24/1/1986, p. 63. [resenha de *Manual do podólatra amador*]

ALMEIDA, Suzete de. "O trote, um ritual sadomasoquista". *Folha da Tarde*, São Paulo, 29/10/1985, p. 16. [resenha de *O calvário dos carecas*]

_____. "Profissão: poeta". *Shopping News*, São Paulo, 1/10/1989, p. 60.

ALVES, Franklin. "De poucos para muitos: as três antologias de Glauco Mattoso". *Grumo*, Buenos Aires, n° 3, jul. 2004, pp. 172-173.

AMÂNCIO, Moacir. "Equívocos poéticos da década passada". *Folha de S.Paulo*, São Paulo, 1/11/1981. [resenha de *O que é poesia marginal*]

_____. "O mote é o trote". *Jornal da Tarde*, São Paulo, 16/12/1985, p. 30. [resenha de *O calvário dos carecas*]

AMÉRICO, José. "O que é tortura". *O Cometa Itabirano*, Itabira, Minas Gerais, n° 71, 9/10/1984. [resenha de *O que é tortura*]

ANJOS, Márvio dos. "Antologia traça histórico da poesia pornô". *Folha de S.Paulo*, São Paulo, 17/7/2004. Caderno Ilustrada, p. E3.

AQUINO, Marçal. "Discutindo gírias, vícios e erros de nossos papos diários". *Jornal da Tarde*, São Paulo, 29/4/1988, p. 16.

_____. "Para xingar em dois idiomas". *Jornal da Tarde*, São Paulo, 3/7/1989, p. 2.

ARRUDA, Antonio. "Todos têm, em algum grau, o seu fetiche". *Folha de S.Paulo*, São Paulo, 6/6/2002. Caderno Folha Equilíbrio, pp. 8-11.

ASCHER, Nelson. "Marginália marginal". *Corpo Extranho*, São Paulo, n° 3, jan.-jun. 1982, pp. 162-171.

ATHAYDE, Felix de. "Marginal nem nada. Espia." *Jornal do Brasil*, Rio de Janeiro, 24/10/1981, p. 10. [resenha de *O que é poesia marginal*]

ATTWATER, Juliet. "Perhappiness: the art of compromise in translating poetry, or 'steering betwixt two extremes'". *Cadernos de Tradução*, Florianópolis, n° 15, 2005/1, pp. 121-143. [contendo o "Soneto sonoro" e suas traduções; artigo para esta publicação semestral da Pós-Graduação em Estudos da Tradução do Centro de Comunicação e Expressão da Universidade Federal de Santa Catarina]

AUGUSTO, Paulo. "O estranho sabor da geleia literária". *Diário de Natal*, Natal, 6/2/2000. Caderno Muito, p. 1. [resenha de *Geleia de rococó*]

AUGUSTO, Sérgio. "Quando 's.o.s.' não é um pedido de ajuda". *Folha de S.Paulo*, São Paulo, 3/11/1990. Caderno Letras, p. F1. [resenha de *Dicionarinho do palavrão*]

ÁVILA, Carlos. "Poesia marginal?". *Estado de Minas*, Belo Horizonte, 14/11/1981. [resenha de *O que é poesia marginal*]

BARBOSA FILHO, Hildeberto. "Glauco Mattoso, outra vez, outra voz". *O Norte*, João Pessoa, 27/2/2000, p. C2. [resenha de *Geleia de rococó*]

BARREIRO, José Enrique. "Glauco Mattoso: ética não combina com estética". *A Tarde*, Salvador, 18/10/1986. Caderno 2, p. 1.

BARROS, Carlos Juliano. "Letras irreverentes". *Problemas Brasileiros*, São Paulo, ano XLIII, n° 371, set.-out. 2005, pp. 46-49.

BASTOS, Cristiano. "Perversões e arte". *Aplauso*, Porto Alegre, ano 4, n° 34, 2001, pp. 44-50.

BERNARDO, Gustavo. "O fetiche da ficção". *Jornal do Brasil*, Rio de Janeiro, 19/11/2005. Caderno Ideias, p. 1. [resenha de *A planta da donzela*]

BILHARINHO, Guido. "Independentes, marginais ou alternativos (década de 70)". *Dimensão – Revista de Poesia*, Uberaba, ano IV, n° 7, 2° semestre de 1983, pp. 36-39. (número especial I, "Poesia brasileira, século XX: breve notícia documentada")

BONASSI, Fernando. "Glauco Mattoso une música à inteligência". *Folha de S.Paulo*, São Paulo, 21/7/2001. Suplemento Ilustrada, p. 5. [resenha de *Melopeia*]

BONVICINO, Régis. "Bricoleur brincalhão". *Leia Livros*, São Paulo, ano V, n° 55, mar. 1983, p. 3. [resenha de *Memórias de um pueteiro*]

──────── . "Poesia visual anda perto da saturação". *Folha de S.Paulo*, São Paulo, 4/6/1988, p. D3. [resenha de *Rockabillyrics*]

BRANCO, Virgílio. "Glauco Mattoso faz dicionário bilíngue para os indignados". *Diário do Grande ABC*, Santo André, 6/10/1990. Caderno B, p. 8. [resenha de *Dicionarinho do palavrão*]

BRESSANE, Ronaldo. "Poeta do apagão". *Trip*, São Paulo, ano 15, n° 95, nov. 2001, p. 82.

BRITO, Antonio Carlos de (Cacaso). "Poesia de cabo a rabo II: vinte pras duas". *Leia Livros*, São Paulo, ano V, n° 53, dez. 1982-jan. 1983, pp. 20-21.

BRITTO, Jomard Muniz de. "Esquerda armorial e os outros, outras". *Nordeste Econômico*, Recife, vol. 18, n° 7, jul. 1987, pp. 46-47.

BUENO, Wilson. "Glauco Mattoso volta com o luxurioso 'Centopeia'". *O Estado de S.Paulo*, São Paulo, 4/7/1999. Caderno 2/ Cultura, p. D6. [resenha de *Centopeia*]

BUTTERMAN, Steven. "A dor estratégica em Deleuze e Mattoso". *Coyote*, Londrina, Paraná, n° 2, inverno de 2002, pp. 30-33.

CAGIANO, Ronaldo. "Maldito e incompreendido". *Viva Vaia*, Porto Alegre, n° 14, jan. 2005, p. 12. [resenha de *Melopeia*]

CALIXTO, Fabiano. "A maldição do mago marginal". *O Estado de S. Paulo*, São Paulo, 13/7/2008.

CAMARGO, Maria Lúcia de Barros. "Paulisseia ilhada". *Babel. Revista de poesia, tradução e crítica*, Santos, São Paulo, ano I, n° 1, jan.-abr. 2000, pp. 118-123. [resenha de *Paulisseia ilhada*]

CAMPOS, Rogério de. "Meu amigo nazista". *General*, São Paulo, n° 7, 1994. (páginas não numeradas) [resenha de A *bíblia do skinhead*]

CANGI, Adrián. "Glauco Mattoso: derivas fetichistas". *Tsé Tsé*, Buenos Aires, n° 11, 2002, pp. 94-99.

CASTRO JR., Chico. "Versos do underground trazem política, sátira e filosofia em livros". *A Tarde*, Salvador, 12/3/2008. Caderno 2, p. 3. [resenha de *Poética na política*]

CONTI, Mário Sérgio. "Muita conversa para pouca poesia". *Folha de S.Paulo*, São Paulo, 25/4/1982.

CARRASCO, Lucas. "O trunfo de Glauco é não ter os olhos sãos". *Brasil: Almanaque de Cultura Popular*, São Paulo, ano 9, n° 104, dez. 2007. (páginas não numeradas) [revista de bordo da TAM]

CARVALHO, Gilmar de. "Alteridade e paixão". *Cult*, São Paulo, ano VI, n° 66, fev. 2003, pp. 32-39. [Dossiê Cult: Literatura gay]

CORONA, Ricardo. "Comendo as conservas". *Gazeta do Povo*, Curitiba, 13/8/2001. Caderno G, p. 4. [resenha de *Melopeia*]

CYPRIANO, Fabio. "Glauco Mattoso faz desabafo em sonetos". *Folha de S.Paulo*, São Paulo, 30/8/2000. Caderno Ilustrada/Folha Acontece, Especial 1.

D'AMBRÓSIO, Oscar. "Os poéticos pés de Glauco". *O Escritor*, São Paulo, n° 95, mar. 2001, p. 34. [resenha de *Centopeia*]

DAMAZIO, Reynaldo. "Tratado de versificação". *Folha de S.Paulo*, 26/11/2010. Guia da Folha, p. 17. [resenha de *Tratado de versificação*]

DIEGUES, Douglas. "Melopeia: os sonetos musicados de Glauco Mattoso". *Folha do Povo*, Campo Grande, 10/3/2002, pp. D4-5. [resenha de *Melopeia*]

DOMINGOS, Jorge. "Porcarias aos peroleiros". *Alone*, São Paulo, n° 8, 1992, p. 26.

_____. "Notre pied-idolatrée" (sic). *O Capital*, Aracaju, ano IX, n° 73, ago. 1999, p. 9.

DUCCINI, Mariana. "O bruxo dos decassílabos". *Imprensa*, São Paulo, ano 16, n° 176, out. 2002, pp. 52-54.

DURÁN, Cristina R. "A volta do escracho caótico e intelectual". *Valor Econômico*, São Paulo, 6/12/2001. Caderno EU&, p. D8. [resenha de *Jornal Dobrabil*]

ESSINGER, Silvio. "O som de outras visões poéticas". *Jornal do Brasil*, Rio de Janeiro, 15/7/2001. Caderno B, p. 10. [resenha de *Melopeia*]

_____. "Subversões postais" e "Verdadeiro crochê de letras". *Jornal do Brasil*, Rio de Janeiro, 2/3/2002. Caderno Ideias, pp. 1-2. [resenha de *Jornal Dobrabil*]

FACCIONI FILHO, Mauro. "Notas sobre poéticas em andamento". *Rascunho*, Curitiba, ano 2, n° 22, fev. 2002, p. 10.

FEITOSA, Nelson. "Língua de poeta". *Sui Generis*, Rio de Janeiro, n° 6, out. 1995, p. 45.

FERNANDES, Carlos. "HQ de Glauco Mattoso". *O Poti*, Natal, 6/1/1991. Suplemento Revista, p. 2. [resenha de *Glaucomix*]

FERNANDES, Millôr. "A Glauco, onde estiver". *Jornal do Brasil*, Rio de Janeiro, 16/12/2001. Caderno B; *Argumento*, Rio de Janeiro, ano I, n° 1, out.-nov. 2003, p. 31.

FILIPPI, Marcos. "Chega ao país ala antirracista dos carecas". *Folha de S.Paulo*, São Paulo, 1/11/1993. Suplemento Folhateen, p. 1.

_____. "A origem dos skinheads". *Jornal da Tarde*, São Paulo, 23/7/1994. Suplemento Caderno SP, p. 2A. [resenha de A *bíblia do skinhead*]

FISCHER, André. "O retorno do podólatra". *G Magazine*, São Paulo, ano 3, n° 31, abr. 2000, p. 53. (entrevista)

FISCHER, Luís Augusto. "Precisão formal e ousadia temática em sonetos". *Folha de S.Paulo*, 14/5/2001. Caderno Folhateen, p. 11. [resenha de *Panaceia*]

FOLHA DE S.PAULO, 15/3/2008. Caderno Ilustrada, p. E8. [coluna "Vitrine"] [resenha de A maldição do mago marginal]
FONSECA, Elias Fajardo da. "Marginais do conto". Jornal do Brasil, Rio de Janeiro, 24/9/1977. Suplemento Livro. [resenha de Queda de braço]
FOSTER, David William. "A poesia homoerótica de Glauco Mattoso". Medusa, Curitiba, ano 1, n° 1, out. 1998, pp. 13-15.
FRANCIS, Otto. "Cego, podófilo, satírico e maldito". Rascunho, Curitiba, ano I, n° 7, nov. 2000, p. 11.
GALVÃO, Mário. "Literatura como combate". O Estado de S. Paulo, São Paulo, 13/11/1977. Suplemento Cultural, ano I, n° 57, p. 7. [resenha de Queda de braço]
GAMA, Rinaldo. "Trote, estranho ritual da Idade Média que persiste". Metrô News, São Paulo, 1/10/1984, p. 8.
GARCÍA, Juan F. "Glauco Mattoso: las irreverentes formas". Canecalón, Buenos Aires, n° 4, nov.-dez. 2004, pp. 16-17.
GIACOMINI, Paulo. "Surpresa mattosiana". G Magazine, São Paulo, ano 3, n° 28, jan. 2000, p. 21. [resenha de Paulisseia ilhada]
GIANNINI, Alessandro. "Sacanagem explícita made in Brazil" (sobre "o estreante Tadeu Sztejn"). Jornal da Tarde, São Paulo, 1/1/1990, p. 13.
GOGEL, Jersey. "Um homem fascinado por pé". Folha de Londrina, Londrina, Paraná, 23/12/1990, p. 4. [resenha de Glaucomix]
GONÇALVES FILHO, Antonio. "A transgressão agoniza no Brasil". Folha de S.Paulo, São Paulo, 28/11/1985, p. 41.
_____. "A cultura da escatologia". Folha de S.Paulo, São Paulo, 16/8/1986, p. 63.
GUEDES, Alberto. "Poesia, necessária poesia". IstoÉ, São Paulo, 9/12/1981, p. 16. [resenha de Jornal Dobrabil]
HANSEN, João Adolfo. "G. M. admerdável". Arte em Revista, São Paulo, ano 6, n° 8, out. 1984, pp. 81-85.
JOÃO NETO. "Glauco e os cegos que não querem enxergar." Gazeta de Mirassol, Mirassol, São Paulo, 21/2/2003. Caderno Cultura, p. 7.

JIMÉNEZ, Reynaldo. "El Contra-Perogrullo". *Tsé Tsé*, Buenos Aires, n° 11, 2002, pp. 90-91.

KLEIN, Paulo. "Quem se arrisca a botar a língua na papa? (Sobre a pornopoesia de Glauco Mattoso)". *Iris*, São Paulo, n° 353, out. 1982, pp. 26-27.

KLINGER, Diana L. "Dois antropófagos (des)viados: Glauco Mattoso e Roberto Piva". *Grumo*, Buenos Aires/Rio de Janeiro, n° 1, mar. 2003, pp. 106-111.

KODIC, Marília. "O poeta da visão avessa". *Cult*, São Paulo, ano 14, n° 155, mar. 2011, pp. 22-26.

LEÃO, Rodrigo de Souza. "Um sonetista pós-moderno". *Jornal do Brasil*, Rio de Janeiro, 1/3/2008. Caderno Ideias & Livros, p. 5. [resenha de *A aranha punk*]

LEMINSKI, Paulo. "O veneno das revistas de invenção". *Folha de S.Paulo*, São Paulo, 16/5/1982. Suplemento Folhetim.

LEMOS, Rafaella. "Em terra de faca, quem tem cego é rei". *Rascunho*, Curitiba, ano 9, n° 98, jun. 2008, p. 14. [resenha de *Faca cega*]

LIMA, Abdias. "Livros e humor". *Correio do Ceará*, Fortaleza, 24/6/1982. [resenha de *Jornal Dobrabil*]

LANDO, Vivien. "A musa irônica". *Visão*, São Paulo, 24/1/1983, p. 52. [resenha de *Línguas na papa*]

LEONES, André de. "A possibilidade do choque". *Jornal do Brasil*, Rio de Janeiro, 11/4/2009. Caderno Ideias & Livros, p. L6. [resenha de *Contos hediondos*]

LIMA, Carlos Emílio Correia. "Ideias corrosivas". *Visão*, São Paulo, 8/2/1982, p. 42. [resenha de *Jornal Dobrabil*]

LOMBARDI, Ana Maria. "Os arautos da poesia marginal". *Agora São Paulo*, São Paulo, ano I, n° 4, dez. 1983, pp. 27-29.

LONGO, Giovanna. "Poeta em cena leva ao palco poesia de Glauco Mattoso". *Em Cartaz*, São Paulo, n° 17, set. 2008, p. 66. [Guia da Secretaria Municipal de Cultura]

LOSNAK, Marcos. "Sonetos de pés sujos". *Folha de Londrina*, Londrina, Paraná, 5/7/1999. Suplemento Folha 2, p. 6. [resenha de *Centopeia*]

MACHADO, Alvaro. "Livraria de SP abre Festival dos Fetiches". *Folha de S.Paulo*, São Paulo, 29/2/2000. Caderno Ilustrada, p. 5.

MACHADO, Cassiano Elek. "Glauco Mattoso volta a pisar na literatura". *Folha de S.Paulo*, São Paulo, 24/6/1999. Caderno Ilustrada, p. 7.

_____. "Glauco Mattoso relança o trabalho que o projetou". *Folha de S.Paulo*, São Paulo, 17/12/2001. Caderno Ilustrada, p. E4. [resenha de *Jornal Dobrabil*]

_____. "Sociedade dos 'malditos' vivos". *Folha de S.Paulo*, 1/5/2004. Caderno Ilustrada, pp. 1 e 4.

MACIEL, Nilto. "O soneto-conto de Glauco Mattoso". *Diário do Nordeste*, Fortaleza, 22/2/2004. Caderno Cultura, p. 3. [resenha de *Contos familiares*]

MAGALHÃES, Henrique. "Tupiniskin: a perversão chega aos fanzines". *Nhô-Quim*, João Pessoa, n° 3, jul. 1990, pp. 14-15.

_____. "O requinte underground dos quadrinhos em 'As aventuras de Glaucomix, o pedólatra'". *O Norte*, João Pessoa, 21/10/1990, p. 4. [resenha de *Glaucomix*]

MEDEIROS, Jotabê. "Gastão e a ordem excessiva de 'Musikaos'". *O Estado de S. Paulo*, São Paulo, 27/2/2000. Caderno Telejornal, p. 2.

MELLO, Ramon. "Glauco Mattoso: poeta da crueldade". *Saraiva Conteúdo*, São Paulo, ano 2, n° 3, mar.-abr. 2011, pp. 38-41.

MICHEL, Pierre. "Glauco Mattoso et 'Le jardin des supplices'". *Cahiers Octave Mirbeau*, n° 12, 2005, pp. 286-290. [periódico oficial da Société Octave Mirbeau, dirigida por Pierre Michel]

MIRANDA, Alvaro. "Muestra de poesía brasileña actual 1, independientes/marginales/alternativos". *Poética. Revista de Cultura*, Montevidéu, ano II, n° 2-3, verão-outono de 1985, pp. 17-26.

MONTEIRO, Nilson. "Ser poeta". *Folha de Londrina*, Londrina, Paraná, 11/5/1982, p. 15.

MOURA, Diógenes. "Glauco Mattoso, o adorador de pés". *Jornal da Bahia*, Salvador, 17/10/1986. Suplemento Revista, pp. 6-7.

MUNHOZ, Elizabeth & Vucovix, Irene. "O trote, ainda um domínio de sádicos". *O Estado de S. Paulo*, São Paulo, 7/3/1985, p. 70.

MURANO, Edgard. "Expressão sem limites". *Língua Portuguesa*, São Paulo, ano III, n° 38, dez. 2008, pp. 26-29.

NAHRA, Alessandra. "Embalagem do desejo". *IstoÉ*, São Paulo, 12/4/1995, pp. 68-70.

NASCIMENTO, Gilberto. "Volta o trote, no trem onde morreu calouro". *O São Paulo*, São Paulo, 8-14/3/1985, p. 6.

NASI, Eduardo. "O poeta maldito agora faz sonetos". *Zero Hora*, Porto Alegre, 3/6/2000. Segundo Caderno, p. 7.

_____. "Um maldito glaucomatoso". *Zero Hora*, Porto Alegre, 7/6/2000. Segundo Caderno, p. 5.

_____. "400 barrockismos". *Zero Hora*, Porto Alegre, 28/12/2000. Segundo Caderno, p. 8. [resenha de *Panaceia*]

OLIVEIRA, Nelson de. "De dentro do porão, sem luz ou rima". *O Globo*, Rio de Janeiro, 19/2/2000. Caderno Prosa & Verso, p. 4.

OLIVEIRA, Solange Ribeiro de. "A literatura e as artes, hoje: o texto coprofágico". *Matraga: Estudos Linguísticos e Literários*, Rio de Janeiro, v. 14, n° 21, jul.-dez. 2007, pp. 67-84. [revista do Programa de Pós-Graduação em Letras da UERJ]

ORNELLAS, Sandro. "Glauco Mattoso e a renovação da sátira barroca". Verbo, Brasília, maio 2000. [revista virtual, no www.sagres.com.br/verbo]

PAES, José Paulo. "Literatura, pornografia e censura". *Folha de S.Paulo*, São Paulo, 2/5/1982. Suplemento Folhetim.

_____. "Versos de inflexão satírica". *Jornal da Tarde*, São Paulo, 5/8/1989. Suplemento Caderno de Sábado, p. 7. [resenha de *Limeiriques*]

PEREIRA, Adilson. "O sexo das baratas e dos missionários". *Tribuna da Imprensa*, Rio de Janeiro, 9/6/1994. Caderno Tribuna Bis, p. 1.

PIGNATARI, Décio & XAVIER, Valêncio. "Glauco Mattoso volta à poesia". *Gazeta do Povo*, Curitiba, 7/7/1999. Caderno G, p. 1.

PINTO, José Alcides. "Quem tem medo de Glauco Mattoso". *Tribuna do Ceará*, Fortaleza, 26/4/1986, p. 24. [resenha de *Manual do podólatra amador*]

RAMSÉS, Moisés. "Glauco Mattoso lança as aventuras de Glaucomix". *A Tarde*, Salvador, 9/9/1990. [resenha de *Glaucomix*]

_____. "Não basta ter nome, tem de ser artístico". *Folha da Tarde*, São Paulo, 1/10/1990, p. 27.

RIBEIRO, Leo Gilson. "Janelas abertas". *Caros Amigos*, São Paulo, ano IV, nº 45, dez. 2000, p. 9. [comentário a *Panaceia*]

RIBEIRO NETO, Amador. "O poeta Glauco Mattoso em ritmo de rock e MPB". *A União*, João Pessoa, 10/11/2001. Suplemento Ideias, p. 22. [resenha de *Melopeia*]

RÓNAI, Cora. "Enfim, um alternativo de luxo". *Jornal do Brasil*, Rio de Janeiro, 1/11/1981. Caderno B, p. 10. [resenha de *Jornal Dobrabil*]

ROSA, Franco de. "Editoras queimam últimos cartuchos" (sobre o "novo e talentoso autor, Tadeu Sztejn, com sua série Roxana", no gibi *Tralha*). *Folha da Tarde*, São Paulo, 29/12/1989, p. 22.

_____. "Mattoso e Marcatti em gibi explícito". *Folha da Tarde*, São Paulo, 31/8/1990, p. 18. [resenha de *Glaucomix*]

ROSENBAUM, Yudith. "Filhos do terceiro sexo". *Leia*, São Paulo, ano XI, nº 136, fev. 1990, pp. 15-19.

RUBINSTEIN, Raphael. "In concrete language". *Art in America #5*, Nova York, maio 2002, pp. 118-123.

SCARTAZZINI, Elton. "Manual do pedólatra amador". *Cobra*, Porto Alegre, nº 9, mar.-abr. 1987, p. 27. [resenha de *Manual do podólatra amador*]

SCHWARTZ, Jorge. "Glauco Mattoso: um marginal à margem". *Lampião Esquina*, Rio de Janeiro, ano 3, n° 33, fev. 1981, p. 17.

SERPA, Leoní. "Rococó". UPF *Cultura*, Passo Fundo, Rio Grande do Sul, ano 1, n° 10, 1-2/4/2000, p. 7 (coluna "De olho nos livros"). (Universidade de Passo Fundo)

SILVA, Aramis Luis. "Festival celebra o fetiche em fotos, vídeos e palestras". *Jornal da Tarde*, São Paulo, 2/3/2000. Caderno SP Variedades, p. 3C.

SILVA, Marcos A. da. "Torturas cotidianas". *Folha de S.Paulo*, São Paulo, 13/5/1984, p. 64. [resenha de *O que é tortura*]

SILVA, Susana Souto. "O caleidoscópio Glauco Mattoso". *Língua Portuguesa*, São Paulo, ano III, n° 26, 2007, pp. 16-17.

_____. "Os sons do verso". *Língua Portuguesa*, São Paulo, ano 5, n° 63, jan. 2011, pp. 60-61. [resenha de *Tratado de versificação*]

SIMON, Iumna Maria & DANTAS, Vinícius. "Poesia ruim, sociedade pior". *Novos Estudos Cebrap*, São Paulo, n° 12, jun. 1985, pp. 48-61.

TERRON, Joca Reiners. "Contos hediondos". *Folha de S.Paulo*, 27/3/2009. Guia da Folha, p. 12. [resenha de *Contos hediondos*]

TRIDENTE, Joba. "Macros e micros e concretos e abstratos contos marginais". *Correio Braziliense*, Brasília, 11/9/1977. Caderno 2, p. 7. [resenha de *Queda de braço*]

"Trilhastrackstramos". *Tsé Tsé*, Buenos Aires, n° 7-8, outono 2000, pp. 102-105.

TRIP, São Paulo, ano 5, n° 27, jun. 1992, p. 66. (sobre podolatria)

VIEIRA, José Carlos. "O pé e esse desejo devasso". *Correio Braziliense*, Brasília, 20/11/2005. Caderno C, p. 5; *Diário Catarinense*, Florianópolis, 22/11/2005. [resenha de *A planta da donzela*]

VIEIRA, Paulo. "Do fim da comédia". *Cadernos de Teatro*, Rio de Janeiro, n° 108, jan.-fev.-mar. 1986, pp. 10-15.

VIEIRA, Yara Frateschi. "Brasil através dos seus poetas". *Revista das Letras*, Santiago de Compostela, Espanha, 11/5/2000, pp. 2-11. (suplemento do jornal *O Correo Galego*)

VOGT, Carlos. "Trote, um ritual perverso". *Folha de S.Paulo*, São Paulo, 20/2/1991, pp. 1-3. [comentário a *O calvário dos carecas*]

WILLER, Claudio. "Marginália: rótulos e realidades". *Folha de S.Paulo*, São Paulo, 28/2/1982. Suplemento Folhetim, nº 267, p. 3.

_____. "20 anos de poesia marginal". *D.O. Leitura*, São Paulo, ano 2, nº 15, ago. 1983, p. 20.

YAMAMOTO, Nelson Pujol. "Intelectuais e artistas selecionam as palavras de que mais gostam". *Folha de S.Paulo*, São Paulo, 4/12/1988, p. E-1.

_____. "O travesti da língua". *Folha de S.Paulo*, São Paulo, 2/7/1989. Suplemento Folha D, pp. 6-11.

ZARUR, Cristina. "No calcanhar de Alencar". *O Globo*, Rio de Janeiro, 10/12/2005. Caderno Prosa & Verso, p. 1. [resenha de *A planta da donzela*]

ZENI, Bruno. *Folha de S.Paulo*, 29/5/2009. Guia da Folha, p. 15. [resenha de *Cancioneiro carioca e brasileiro*]

Teses

BUTTERMAN, Steven Fred. "Brazilian literature of transgression and postmodern anti-aesthetics in Glauco Mattoso". Madison, University of Wisconsin, 2000. 264 p.

SILVA, Susana Souto. "O caleidoscópio Glauco Mattoso". Maceió, Universidade Federal de Alagoas, 2008. 151 f., com anexos. [tese de doutorado em Letras e Linguística]

Entrevistas

34 LETRAS, Rio de Janeiro, n° 5-6, set. 1989, pp. 298-303. (entrevista sobre o *Jornal Dobrabil*)

"A grande perversão de Glauco Mattoso". *Private*, São Paulo, ano II, n° 15, fev. 1986, pp. 14-15.

AMORIM, Maria Alice. "Contracultural desde sempre". *Continente*, Recife, ano IX, n° 97, jan. 2009, pp. 4-7.

ARAÚJO, Felipe. "O hoje no amanhã". *O Povo*, Fortaleza, 25/1/2004. Suplemento Vida & Arte, pp. 4-5.

ASSIS, Júlio. "Sonetos coléricos devassam a política". *O Tempo*, Belo Horizonte, 22/5/2004. Caderno Magazine, p. C3.

ASSUNÇÃO, Ademir. "Glauco fez crac com a literatura". *O Estado de S. Paulo*, São Paulo, 16/1/1987. Caderno 2, p. 1.

_____. "I am a tupinik, eu falo em tupinik". *Medusa*, Curitiba, ano 1, n° 1, out. 1998, pp. 2-15.

BARBOSA, Fabio da Silva. "Entrevistando o poeta". *O Berro*, Niterói, ano I, n° 8, jun. 2009, pp. 5-6. In: BARBOSA, Fabio; MENDES, Alexandre & BASTOS, Winter, *Um ano de Berro: 365 dias de fúria*. Brasília: Editora Independente, 2010, pp. 70-73.

BASÍLIO, Astier. "O retorno da poesia às suas origens". *A União*, João Pessoa, 13-14/3/2004. Suplemento Correio das Artes, pp. 4-5.

BIONDO, Sonia. "Eles preferem os homens". *Marie Claire*, São Paulo, n° 3, jun. 1991, pp. 43-46.

CAMARGO, Maria Lúcia de Barros. "Sobre 'poesia marginal' e outras marginalidades: bate-papo com Glauco Mattoso". *Babel*, Santos, São Paulo, ano I, n° 2, maio-ago. 2000, pp. 21-41.

CANGI, Adrián. "Glauco Mattoso: 'Lo que se dobla ya no puede ser doblado'." *Tsé Tsé*, Buenos Aires, n° 11, 2002, pp. 84-89.

CARNEIRO, Paulo. "Glauco Mattoso, o Ramos Tinhorão do rock brasileiro". *Diário do Grande ABC*, Santo André, 23/10/1988. Caderno C, p. 1.

CORTEZ, André. "As trevas de Glauco Mattoso". *Sentidos*, São Paulo, ano 1, n° 9, set. 2002, pp. 34-36.

DAMAZIO, Reynaldo. "Poesia rebelde de Glauco Mattoso". *Revista Marco*, São Paulo, ano 2, n° 6, ago.-set. 2003, p. 4. (Universidade São Marcos)

FARIA, Álvaro Alves de. "A poesia do escárnio". *Rascunho*, Curitiba, ano 4, n° 38, jun. 2003, p. 11.

_____. "Glauco Mattoso". In: *Pastores de Virgílio: a literatura na voz de seus poetas e escritores*. São Paulo: Escrituras, 2009, pp. 123-127. [entrevista originalmente publicada em 2003 no jornal *Rascunho*]

FUKUSHIMA, Francisco. "Glauco Mattoso, o Cascão da literatura marginal". *Diário do Grande ABC*, Santo André, São Paulo, 30/12/1986, p. 12.

GOMES, Heloiza. "Poesia na ponta dos pés". *Sui Generis*, Rio de Janeiro, ano V, n° 48, 1999, pp. 44-47.

GRECO. "O tesólogo da libertação". *Sarah Domina*, Teresópolis, Rio de Janeiro, n° 3, nov. 1996, pp. 4-5; 10-11.

IVANO, Rogério. *Portuguêis Klandestino*, Londrina, Paraná, n° 2, inverno de 1991.

JAIME, Yuri Pereira. "Glauco Mattoso". *Livro Aberto*, São Paulo, ano II, n° 6, nov. 1997, pp. 11-16.

JESUS, Leonel de. "A odisseia poética e podólatra de um Homero paulistano". *Umbigo*, Lisboa, n° 15, dez. 2005, pp. 40-42.

KHOURI, Diego El. "Glauco Mattoso, o poeta da crueldade". *Cama Surta* (fanzine), n° 1, ago. 2010.

LHAMAS, Sérgio. "Quem tem medo de Glauco Mattoso? Ele não tem." *Folha da Tarde*, São Paulo, 23/3/1987, p. 2.

_____. "Glauco Mattoso 2: a matéria". *Folha da Tarde*, São Paulo, 27/4/1987, p. 4.

LUCENA, Antonio Carlos. "Jornal Douto Preto, estrelando Mlauco Gatoso". *Poesia Livre*, Ouro Preto, Minas Gerais, número extra, primavera de 1982. [entrevista ao poeta que se assinava Touchê]

MAGGIOLI, Marcus. "Aos pés da poesia marginal". *Diário da Manhã*, Goiânia, 12/10/2003. Caderno DM Revista, p. 3.

MAGI, Luzdalva Silva. "Além da visão". *Diário do Grande ABC*, Santo André, São Paulo, 25/7/2010, Caderno Cultura & Lazer, p. 7.

"MARGINAL". *Experimento*, São Paulo, n° 1, mar.-jun. 1981. [entrevista ao jornal-laboratório do curso de jornalismo da PUC-SP]

MILARÉ, Sebastião. "Glauco Mattoso: transgressão moral, subliteratura?". *Artes: São Paulo*, ano XXII, n° 62, dez. 1986-jan.-fev. 1987, pp. 10-12.

MORAES, Marcos. "Glauco Mattoso: rock e poesia". *Advênis*, São Paulo, n° 6, fev. 1990, pp. 3-8. [folhetim dos alunos de Letras da USP-SP].

NANINI, Lucas. "Doença dá origem a pseudônimo de poeta". *Check-Up*, São José dos Campos, São Paulo, ano 8, n° 84, nov. 2004, p. 8. [entrevista na matéria "Pressão que cega: glaucoma é um dos principais causadores de cegueira no mundo; doença se caracteriza pelo aumento da pressão intraocular"]

NESI, Augusto. "Desossando Glauco Mattoso: a unha encravada na poesia brasileira". *Invertebrado*, Caxias do Sul, Rio Grande do Sul, ano 2, n° 2, dez. 2004, pp. 22-29.

"O poeta põe, a crítica tica". In: MASSI, Augusto (org.). *Artes e ofícios da poesia*. Porto Alegre: Artes e Ofícios, 1991, pp. 161-170. [depoimento sobre a produção poética]

PEREIRA JUNIOR, Luiz Costa. "Nas margens da poesia". *Língua Portuguesa*, São Paulo, ano III, n° 26, 2007, pp. 12-17.

PIRES, Roberto. "A idolatria do pé". *Correio da Bahia*, Salvador, 21/10/1986. Segundo Caderno, p. 1.

PREVINA-SE (publicação do GAPA), São Paulo, ano III, n° 7, jul.-ago. 1990, p. 5. [entrevista sobre "homossexualidade e cidadania"]

RAMO, Severino do. "Pedolatria a 4 mãos". *Nhô-Quim*, João Pessoa, n° 5, jan. 1991, pp. 3-5. [entrevista a Severino, juntamente com Marcatti, coautor do álbum de HQ *As aventuras de Glaucomix, o podólatra*].

ROSEMBERG, André. "Com os pés nas costas". *Página Central*, São Paulo, ano 3, n° 21, nov. 1999, pp. 32-35.

ROSSI, Wilton & Trindade, Vivaldo. "Uma entrevista com Glauco Mattoso". *Verbo*, Brasília, maio de 2000. [revista virtual, no www.sagres.com.br/verbo]

SCHEIMANN, Tino. "Clauco [sic] Mattoso". *Combat-Zine* #1, Sömmerda, Alemanha, 1999, pp. 15-16.

TAVARES, Ulisses. "Poetas que (ainda) não foram pra escola!". *Discutindo Literatura*, São Paulo, ano 3, n° 15, 2008, pp. 44-45.

TIGRE, Thalita. "Podolatria: os pés que fazem a cabeça". *Blow Up*, Campinas, São Paulo, ano 1, n° 4, mar. 2010, pp. 52-53.

"Um papo com Glauco Mattoso". *O Trem Itabirano*, Itabira, Minas Gerais, ano IV, n° 32, abr. 2008, p. 6.

VASCONCELOS, Frédi. "Um poeta sujo". *Revista dos Bancários*, São Paulo, n° 72, nov. 2001, pp. 14-17.

WEINTRAUB, Fabio. "Entrevista: Glauco Mattoso". *Cult*, São Paulo, ano IV, n° 39, out. 2000, pp. 4-9.

XAN. "Pedolatria: entrevista com Glauco Mattoso". *Chouriço Shake* #6, Volta Redonda, Rio de Janeiro, 2000.

Este livro, composto em tipografia Electra e diagramado pela Alaúde Editorial Limitada, foi impresso em papel Pólen Bold noventa gramas pela Ipsis Gráfica e Editora Sociedade Anônima no septuagésimo nono ano da publicação de *Serafim Ponte Grande,* de Oswald de Andrade. São Paulo, julho de dois mil e doze.